KB061807

해방촌의 채식주의자

휘뚜루마뚜루 자유롭게 산다는 것

전범선 산문집

한겨레출판

나의 아버지이자 오랜 친구
전남용(1960~2018)에게

전범선은 아주 멋진 이름을 가지고 독특한 행보를 이어나가고 있다. 흥미로운 건 그의 독특함보다는 독특함을 안정적으로 가꾸는 방식이다. 그는 역사의 입장과 지구의 입장에서 자신의 위치를 가늠하며 할일을 찾는다. 자기 신체의 특성과 이미지를 적극적으로 활용하고 변주하고 때로는 지운다. 혜택 받은 자들의 목소리, 변방의 목소리, 죽은 자들의 목소리, 로큰롤의 목소리, 말할 수 없는 자들의 목소리를 두루 들으며 자기만의 장사를 한다. 말하자면 그는 젠틀한 상놈이다. 천민자본주의 시대에 전범선이라는 양반 겸 상놈이 출현한 것은 반가운 사건이다. 그는 산만한 집중력으로 식당 운영, 출판사 운영, 밴드 활동, 환경운동, 동물해방운동, 신문 연재, 책 집필을 휘뚜루마뚜루 병행한다. 또한 역사가의 마음으로 공부와 토론의 장을 펼친다. 나는 그가 다양한 국가와 집단에 머물다가 해방촌에 터를 잡은 것이 기쁘다. 전범선의 지성과 고민과 질문을 구경하는 것이 즐겁기 때문이다. 그는 한국인 이성애자 남성이라는 특권의 울타리 바깥을 자꾸 본다. 타자의 자유를 곰곰이 모색한다. 본인의 자유만을 위해 살고 싶지는 않아서다. 전범선의 부지런한 사유에 동참하고 싶다. 각자가 오래 바라본 인간과 비인간동물과 이 땅의 모습을 공유하고 싶다. 그리하여 아래로부터의 혁명을 함께하고 싶다. 사나이라는 말이 갈수록 우스꽝스러워지기만 하는 이 시대에 그 말에 담긴 좋은 가능성을 전범선에게서 본다.

——————————— 이슬아, 작가/ 헤엄 출판사 대표

해방촌 집에서 정오 즈음 일어난다. 전기차를 몰고 성균관대 앞 책방 '풀무질'에 가서 그날 들어온 신간을 훑어본다. 길 건너 두루미출판사 사무실로 옮겨서 간단히 요기한다. 글을 쓴다. 손님이 오면 담소를 나눈다. 자정 이후 해방촌으로 돌아와 밴드 '양반들' 작업실에서 곡을 쓴다. 기타를 퉁기며 노래하다가 서너 시쯤 잠든다. 요즘 나의 일상이다. 행복하다. 삶이 만족스럽다.

나는 독립책방 주인이자 인디밴드 보컬이다. 직업이 크게 두 가지인데, 둘 다 앞에 '독립'이라는 수식어가 붙는다. 사회가 보기에 '지 꼴리는 대로 산다'는 뜻이다. 그 외에 출판사 발행인, 동물권단체 자문위원 등의 꼬리표가 붙는다. 벌여놓은 일이 많다. tvN <문제적 남자>에 출연했을 때, 전현무 씨는 "우리 범선이 하고 싶은 거 다 해"라고 농했다. 나는 하고 싶은 것을 다 하고 있지는 않지만, 하고 싶은 것만 하고 있다. 낮에는 선비질, 밤에는 한량질. 유유자적. 이름하야 21세기 양반 라이프스타일이다.

양반을 지배계급의 의미로 쓰는 건 아니다. 오늘날 대한민국을 지배하는 것은 재벌, 즉 상인이다. 사농

공상의 질서는 완전히 뒤집혔다. 인문학을 공부하고 시와 산문을 쓰고 나라 걱정하는 따위의 일은 오히려 천시당한다. 자본을 잘 굴려서 이윤을 극대화하거나 최첨단 기술을 배워서 산업에 이바지하는 일이 훨씬 각광받는다. 인문학과보다 경영학과와 공학과가 인기다. 나는 '양반'을 영국의 '젠틀맨' 정도의 표현으로 생각한다. 원래 '젠틀맨(Gentleman)'도 '젠트리(Gentry)', 즉 지주 계급의 남자였지만 지금은 교양있는 신사의 의미로 쓰인다. 우리도 흔히 "이 양반, 저 양반" 하지 않나. 시쳇말로 '클라스' 있게 살아보겠다는 것이다.

천민자본주의 사회에서 양반답게 사는 건 녹록지 않다. 내가 지주나 건물주가 아니라 더 그렇다. 월세 내고 월급 줄 생각하면 양반처럼 거드름 피울 수가 없다. 책방도 장사고, 음악도 장사고, 글쓰기도 장사다. 양반 행세를 하지만 결국 나도 상놈이다. 그럼에도 불구하고 자본의 논리나 사회의 통념에 끌려다니기는 싫다. 주체적이고 독립적이고 싶다. 현실의 테두리 안에서 최대한 나의 줏대를 세우고 싶다. 그래서 인문사회과학 서점을 운영하며 로큰롤을 연주한다. 전방위적 독립문화인으로 살고 있다.

왜 독립문화인가? 대한민국처럼 집단주의적이고 획일화된 나라에서 다양성이란 그 자체만으로도 예찬할 가치가 있다. 다양성 없이는 자유도 없다. 자유가 완전히 박탈된 사회를 상상해보자. 모두가 족쇄에 묶여 있는 그림이 아니다. 그런 곳에서는 오히려 자유에 대한 갈증이 샘솟는다. 분노와 절망의 울부짖음이 있다. 나는 그런 곳들을 보았다. 대한민국 도처에 깔린 개농장이다. 개들은 뜬장에 갇혀 음식물 쓰레기를 먹으면서 1년을 고통스럽게 살다가 개고기가 된다. 생지옥이다. 하지만 그들의 눈빛과 목소리는 분명 자유를 외치고 있다. 도살장으로 끌려가는 소, 돼지, 닭도 그러하며 동물원, 수족관, 실험실의 동물들도 마찬가지다.

육체의 속박은 끔찍하지만 그것만으로는 자유를 완전히 지우지 못한다. 영혼의 속박이 부자유를 완성한다. 획일성이야말로 그 정신적 굴레의 증거다. 모두가 똑같이 생각하고 행동하는 사회. 문화와 예술과 사상의 다양성이 없는 사회. 우리는 그것을 전체주의라 부르고 북한을 예로 들지만 남한도 가끔은 다르지 않다. 병영문화와 부족주의가 숨 막힌다. 나는 이 땅에서 자유롭고 싶다. 그래서 다양성을 원하고 독립문화를 아낀다. 독립문화 만세!

그런데 독립문화가 정확히 뭘까? 무엇으로부터의 독립일까? 인디음악이란 '제작, 유통 과정에서 기업이나 거대 자본의 지원을 받지 않는 독립적인 음악'이다. 쉽게 말해 남의 돈이나 큰돈 안 들이고 만드는 음악을 뜻한다. 독립책방, 독립출판, 독립영화도 마찬가지다. 자본이 아예 안 들어갈 수는 없지만, 굳이 남한테 손 벌려서 주도권을 뺏기지 않고 내 취향과 신념대로 만드는 것이다. 말로는 쉽지만 엄청난 균형감 각이 필요하다. 고집부리다가 고인 물 되기에 십상이 다. 내가 양반 행세를 하려면 상놈 노릇을 잘해야 하 듯이, 독립문화가 지속 가능하려면 자본의 흐름을 읽 을 줄 알아야 한다. 하고 싶은 일을 하면서 돈 버는 게 제일 어렵다. 특히 코로나19로 동네 책방과 공연 업계가 초토화된 지금, 나는 매우 불안한 나날을 보 내고 있다.

예상하지 못했던 건 아니다. 4년 전, 석사과정을 마 치고 진로를 고민했다. 둘 중 하나였다. 첫째는 미국 로스쿨에 진학해 국제변호사가 되는 것이었다. 내가 일찍이 설정해두었고 가족과 지인들도 추천하는 길 이었다. 둘째는 한국에 남아 문화예술계에 뛰어드는 것이었다. 진로 선택은 나에게 불행이냐, 불안이냐의 문제로 다가왔다. 안정된 삶에서 행복을 느끼는 사람 도 많겠지만 나는 그러지 못할 것 같았다. 그래서 불 안을 택했다. 그게 더 자유롭고 행복한 삶이라 믿었 다. 현명한 선택이었는지 아직 판단하기는 이르다. 이 책은 그 결정에 관한 성찰이자 변명이다.

서른 즈음에 성균관과 해방촌에 터를 잡았다. 10년 뒤, 불혹이 되면 어디서 뭘 하고 있을까. 글을 쓰고 있을지, 노래하고 있을지, 사업을 하고 있을지, 운동 을 하고 있을지, 알 수 없다. 하지만 무엇을 하는지는 상관없다. 어떻게 사는지가 중요하다. 독립적이고 자 유롭다면, 삶의 주도권을 쥐고 있다면, 나는 행복할

것이다. 그래서 나는 계속해서 계속한다. 이것저것
가리지 않고 닥치는 대로 마구 해치운다. 휘뚜루마뚜
루 마냥 걷고 있다.

차례

1부   휘뚜루마뚜루: 나의 뿌리를 찾아서

2부   성균관 두루미: 나의 자리를 찾아서

3부　해방촌의 채식주의자: 모두의 자유를 위하여

1부

휘뚜루마뚜루: 나의 뿌리를 찾아서

'눈치'라는 말이 있다. 사전상의 정의는 '남의 마음을 그때그때 상황으로 미루어 알아내는 것'. 나는 '눈치를 본다'는 표현이야말로 대한민국에서 우리가 겪는 억압을 요약한다고 생각한다. 눈치란 결국 남을 신경 쓰는 일이다. 내가 원하는 것보다 남이 원하는 것을 우선 고려하는 것이다. 눈치를 안 보고 살려면 일단 자아를 찾아야 한다. 내가 누구인지를 알아야, 남이 원하는 것 말고 내가 진짜로 원하는 게 뭔지도 알 수 있다.

한국인이 눈치를 많이 보는 이유는 크게 두 가지다. 경쟁의식과 집단주의. 둘 다 확실한 위계질서를 전제한다. 경쟁이란 위계질서의 상위층으로 올라가려는 발버둥이다. 끊임없이 주위를 살피면서 나와 남의 위치를 비교하는 것이다. 집단주의란 개인보다 집단의 이익을 우위에 두는 것이다. 그것은 대부분 집단 우두머리의 이익을 뜻한다. 대한민국에는 획일화된 위계질서 위에 경쟁의식과 집단주의가 성행하고 있다. 그래서 눈치 안 보고 살기가 힘들다. 사회가 강요하는 위계질서를 거부하고 내 이익을 먼저 생각하기가 쉽지 않다.

이 땅에서 나고 자라면서 나는 눈치 볼 일이 많았다. 변방 출신이라 더했다. 내 고향 강원도는 대한민국의 변방이고, 내 나라 대한민국은 미 제국의 변방이다. 나는 춘천에서 대치동 유학을 거쳐 민족사관고등학교에 입학했다. 한국의 중심부에 비로소 편입되었을 때 미국 다트머스대학교로 다시 유학을 떠났다. 거기서 역사를 공부하면서 대한민국이 미 제국의 변두리라는 점을 깨달았다. 아이비리그라는 미국의 중심부에 편입되었을 때 나는 다시 영국 옥스퍼드대학교 대학원으로 유학을 떠났다. 대한민국을 미합중국이 만들었다면, 미합중국은 대영제국이 만들지 않았나. 거기서 미국혁명에 관한 석사 연구를 했다. 오랑캐가 제국의 심장을 다녀온 것이다. 귀국 후 '미합중국 육군에 증강된 한국인', 즉 카투사로 2년간 동두천에서 복무했다. 제국의 최전방을 지키는 역관이었다. 변방과 중심을 오가는 여정을 통해 나는 한결 자유로워졌다. 경계인으로서 하도 눈치를 봤더니 이제는 별로 남 신경을 안 쓴다. 나만의 독특성에 대해 비교적 안정된 느낌을 갖게 되었다.

내가 자아를 찾는 과정은 주로 역사 연구의 형태를 띠었다. 경계인은 원래 정체성이 혼란스럽기 마련이다. 그래서 나의 관점보다는 역사의 입장, 우주의 입장에서 나의 위치를 가늠하는 연습을 했다. 민족사관이란 무엇인가? 무엇이길래 내가 한복을 입고 한옥에 살면서 영어만 쓰도록 하는가? 미국은 무엇이 위대하길래 내가 이역만리 땅까지 공부하러 왔는가?

나는 왜 대한민국 국방의 의무를 이행하면서 미합중국 군복을 입고 있나? 내가 겪은 실존적인 의문들이었다. 역사 연구는 꼬리에 꼬리를 물고 나에게 사상적 문제를 제기했다. 강원도에서 태평양 건너 미국, 다시 대서양 건너 영국까지. 내 고향 춘천에서는 점점 멀어졌지만, 역설적으로 이것은 나의 뿌리를 찾아가는 과정이었다. 나는 영국에 가서야 비로소 자아정체성이 어느 정도 정립되었다고 느꼈다.

인격이 완성되었다는 게 아니다. 인격도 자아도 평생 변모한다. 단지 내가 어떤 사람인지, 무엇을 믿는지, 진짜 하고 싶은 게 무엇인지 꽤 확신이 들었다. 처음이었다. 여태껏 내가 쫓았던 길은 나만을 위한 것이 아니었구나. 내가 눈치를 보고 있었구나. 가족이나 국가가 물리적으로 강제하지는 않았지만, 사회가 부여한 통념에 따라 상당 부분 움직이고 있었구나. 그래, 내가 가야 할 길은 이게 아니구나. 눈치 안 보고 그냥 하고 싶은 거 해야지.

나는 원래 확고한 인생 계획이 있었다. 국제변호사가 되어 동북아 평화 체제에 기여하는 것이었다. 민사고는 내게 민족의 지도자가 되라고 했다. 앞서간 선진 문명 문화를 한국화하고 받아들여 한국을 최선진국으로 끌어올리라고 했다. 아이비리그 대학에 진학하는 것이 나의 행복이자 조국의 밝은 미래였다. 나는 로스쿨 진학에 대비해 다트머스대학교에서 역사학을 전공했다. 글을 읽고 쓰는 훈련이 되기 때문에 미국에서는 로스쿨 지망생들이 사학과를 많이 택한다. 숨마 쿰 라우데로 3년 만에 조기 졸업했고, 뉴욕에 있는 컬럼비아 로스쿨에 합격했다. 모든 것이 순조롭게 계획대로 이뤄졌다. 그런데 정작 입학할 때가 되니, 가기 싫었다. 나의 모든 존재가 법조인의 길을 거부했다.

로스쿨 합격 통지를 받았을 때, 나는 태국의 작은 섬 꼬따오를 여행 중이었다. 컬럼비아는 국제법으로 유명했기 때문에 나의 로스쿨 지망 1순위였다. 부모님도 매우 기뻐하셨다. 하지만 바닷가에 누워서 갓 따온 코코넛을 마시며 문득 생각했다. 로스쿨에 가면 행복할까? 꼬따오에서 나는 행복했다. 거기 평생 있으라면 모르겠지만 그 순간에는 그랬다. 행복의 순간들을 끊임없이 재구성하는 것이 인생의 과제였다. 앞으로 펼쳐질 로스쿨에서의 3년을 내다봤다. 뻔했다. 여태까지 그랬듯이 피 터지게 공부하겠지. 그리고 웬만한 로펌에 취직하겠지. 최소 5년에서 10년은 학자금 갚는다, 내 집 마련한다, 신나게 돈 벌겠지. 그렇게 젊음을 보내고 나는 어느새 중년이 되어 있겠지. 막상 변호사를 하면 잘할 것 같았다. 하지만 행복할까? 내가 진짜로 원하는 것일까?

나는 수시전형으로 합격해서 미리 알았지만, 정시 결과가 나오면서 고등학교, 대학교 동문들도 우르르 로스쿨 합격 통지를 받았다. 그때 분명해졌다. 앞으로도 한 10년은 내 친구들과 비슷하게 살아야 하는구

나. 나의 독특성이 줄어든 기분이었다. 문과는 변호사, 이과는 의사였다.

전형적인 엘리트의 삶은 나쁘지 않다. 아니, 꽤 훌륭하다. 돈도 많이 벌고 사회적으로 인정도 받고 미래가 보장된 안정성을 만끽할 수 있다. 그런데 그 자체로 독특하지는 않다. 나는 청개구리인가? 친구들과 다르게 살고 싶었다. 그러지 않으면 이미 정해진 미래를 향해 가는 것 같았다. 내가 정하지 않았고 그들도 정하지 않았고 사회적 구조가 정해둔 길. 나는 애초에 자유의지란 없다고 믿기 때문에 무슨 길을 택하든 그것이 온전히 나의 자유는 아니겠지만, 법조인이 되는 것은 지나치게 결정론적인 방향으로 흘러가는 것 같았다.

동남아를 두 달간 여행하고 돌아왔다. 그리고 이듬해인 2015년 상반기, 나는 대한민국 법무부 인권정책과 인턴으로 일했다. 남한이 유엔인권이사회에 보내는 보고서를 영어로 번역하고, 북한이 보낸 보고서를 한글로 다시 번역하는 일을 주로 했다(북한에서 나에 해당하는 인력이 그냥 원문을 보내줬으면 안 해도 될 일이었다). 업무는 재밌었고 나름대로 의미도 있었다. 그러나 문화가 안 맞았다. 법조계는 매우 보수적인 집단이다. 내가 오롯이 존재하기 힘든 환경이었다.

일단 외모부터 걸렸다. '동남아 순회를 마치고 돌아

온' 나는 짙게 그은 피부에 수염이 덥수룩한 장발이었다. 인턴 면접 후 지하철에서 전화를 받았다. 합격이면 그날 연락이 오고, 불합격이면 안 올 거라고 했었다. 나는 기쁜 목소리로 물었다.

"합격인가요?"

"아직요. 범선 씨, 혹시 머리랑 수염을 정리할 생각이 있어요?"

"네? 거기 인권정책과 아니었나요?"

"아, 저도 이러고 싶지 않은데 장관님이 보실까 봐…."

당시 법무부 장관은 황교안이었다. 장관이 누구인지는 크게 상관이 없었을 것이다. 법조계 분위기가 그랬고 법무부는 공무원이라 더했다. 정장에 넥타이가 기본이고 수염과 장발은 당연히 금기였다. 나는 용납할 수 없었다. 어렸을 때부터, 로큰롤을 신봉하기 시작했을 때부터 나는 장발에 수염을 길러야 한다고 생각했다. 그래야 나의 자아가 완성되리라 믿었다. 어머니가 "너는 어린놈이 왜 그리 늙어 보이고 싶어 하느냐"고 나무라고, 또래 여자들이 "수염 난 남자는 싫다"라고 질색을 해도 굽히지 않았다. 언젠가는 긴 수염 휘날리며 상투를 틀어 올리리. 그러나 중고등학생 때는 두발 규제 때문에 못했고, 대학에 가서야 머리를 기를 수 있었다. 수염은 관리가 어려워서 주저하다가 동남아에서 방목했다. 20대 중반이 되어서야 드디어 내가 원하던 외모에 다가왔는데, 다시 원점으로 돌아가라고? 중고등학교도 두발 규제를 완화하는 마당에 대한민국 인권정책을 책임지는 곳에서 나의 기본권을 침해한다고? 분했지만 어쩔 수 없었다. 수염만 밀고 머리는 단정하게 묶어서 출근하기로 합의했다. 거, 눈치 한번 제대로 봤다.

출근하면서도 눈치 볼 일이 많았다. 먹는 것부터 문제였다. 나는 채식주의자다. 그러나 그곳은 법무부 인권정책과지 동물권정책과는 아니었다. 나의 채식 선택권은 보장받기 힘들었다. 회식은 곤욕이었다. 미국에 있을 때처럼 각자 시켜 먹으면 편하겠지만 한국에서는 굳이 다 같이 시켜 먹었다. 밥상의 민주화가 시급했다. 몇몇 상사는 나를 배려해주려 했지만 그럴수록 서로 불편해졌다. 나만 까탈스럽다는 분위기였다. 끼니마다 눈치가 보였다.

결론부터 이야기하면, 나는 로스쿨 입학을 취소했다. 법조인이 되지 않기로 했다. 대신 지금 예술가이자 사업가, 운동가로 살고 있다. 우여곡절이 많았지만 돌이켜보면 이유는 단순했다. 나는 자유롭고 싶었다. 그냥 눈치 좀 안 보고, 내가 진짜 하고 싶은 일을 하고 싶었다.

나는 강원중학교의 전설이었다. 한 번도 전교 1등을 놓치지 않았다. 2학년 때 학생회 부회장을 거쳐 3학년 때 학생회장을 역임했다. 선생님들은 나를 매우 예뻐했다. 급우들은 시험이 끝나면 정답을 확인하러 나에게 왔다. 민족사관고등학교에 합격했을 때, 강원중학교 정문에는 나의 이름 석 자가 적힌 현수막이 걸렸다.

나에게 공부란 경쟁이었다. 진리 탐구가 아니라 승리를 위한 수단이었다. 어차피 시험 끝나면 까먹었다. 시험 문제는 학생들을 줄 세우는 것이 목적이었다. 학생의 비판적 사고나 지식수준을 확인하는 것보다 등수를 매기는 게 중요했다.

나는 경쟁에 중독되었다. 대한민국 교육제도에서 승자에게 돌아오는 사회적 보상은 엄청났다. 중학교 첫 시험인 반배치고사에서 공동 1등을 했던 날, 나는 개선장군의 위풍당당한 모습으로 귀가했다. 선생님들은 나를 특별 대우해줬고 부모님과 친척들은 진심으로 자랑스러워했다. 13년 인생에서 처음 느껴본 맛이었다. 그 맛이 좋아서 중간고사 때는 더 열심히 공부했다. 이번에는 공동 1등이 아닌 단독 1등이었다. 1등만 알아주는 사회에서 1등이 되는 것만큼 짜릿한 건 없었다.

이런 승부욕은 초등학교 시절 운동을 하면서 생겼다. 나는 춘천 호반초등학교 축구부였다. 1학년부터 4학년까지 수업을 '땡까고' 거의 축구 연습만 했다. 발재간은 제법 있었다. 그런데 기본 체력이 달렸다. 다섯 살 때 폐렴을 앓아서 그런지 지구력이 부족했다. 햇볕에서 오래 뛰면 머리가 아팠다. 축구 선수로서의 미래가 밝지 않았다.

길 건너 부안초등학교와의 시합이 기억난다. 나는 공격수로 출전했으나 아무런 수확이 없었다. 반면 상대편 공격수는 탁월했다. 결과는 5대 0. 치욕이었다. 우리는 단체 기합을 받았다. 나중에 알고 보니 손웅정 감독이 부안초등학교 축구부를 지도했고, 그의 아들 손흥민이 공격수였다. 될성부른 나무는 떡잎부터 달랐다. 나는 축구를 그만두길 잘했다.

5학년 때 봄내초등학교로 전학 갔다. 나는 키가 크다는 이유만으로 농구부에 끌려갔다. 기본적인 운동 능력은 있었지만, 농구에는 축구보다 더 소질이 없었다. 곧 농구부를 탈퇴했다. 운동선수의 꿈은 완전히 접었다.

스포츠는 기본적으로 경쟁이다. 하지만 축구나 농구와 같은 단체 경기에서는 이기는 게 내 마음처럼 쉽지 않다. 내가 아무리 열심히 해도 팀원들이 못하면 졌다. 육체적으로도 굉장히 피곤한 일이었다. 이겼을 때 돌아오는 사회적 보상도 크지 않았고, 그것마저 팀원들과 나눠 가져야 한다.

공부는 그렇지 않았다. 나만 잘하면 됐다. 육체적으로도 그리 힘들지 않았다. 1등 했을 때 돌아오는 영광은 나의 독차지였다. 나는 운동에서 채우지 못했던 승부욕을 공부에서 채우기 시작했다. 그게 훨씬 재밌었다.

학교 시험 잘 보는 법은 단순했다. 나는 부모님을 졸라 시중에 나와 있는 문제집을 모두 구입했다. 춘천 서점에는 출판사별로 약 열두 가지가 있었다. 비용이 꽤 들긴 했지만 학원비보다는 저렴했다. 시험 한 달 전부터 문제집을 풀기 시작했다. 과목별로 문제집 열두 권을 풀고 나면 문제 유형이 보일 수밖에 없다. 학교 선생님들도 문제집을 참고해서 약간 변형된 문제를 냈다. 나중에는 특정 문제가 어느 문제집에 있었던 건지 알아볼 정도로 나는 내신이라는 게임에 숙달했다.

특목고 정보를 알아보기 위해 중2 때 어머니와 함께 대치동을 찾아갔다. 2005년 당시 학원가에서는 민사고 준비반이 가장 경쟁률이 높았다. 실제로 특목고, 외고 입시에는 순서가 있었다. 민사고 합격 결과가 제일 먼저 나왔고, 대원외고, 한영외고 순이었다. 비공식적인 서열이 있었다. 강원중의 전설이라고 자부했던 나는 부모님께 민사고에 가겠다고 선포했다.

사실 부모님은 나에게 공부에 대한 기대가 없었다. 둘은 인천의 어느 대학 방송반에서 각각 PD와 아나운서로 만났다. 하지만 둘 다 대학을 그만두고 일찍 결혼했다. 아버지는 내가 태어난 해부터 춘천에서 현대자동차 부품대리점을 운영했다. 언젠가 외동인 내가 가게를 물려받길 기대했다. 어머니는 피아노를 가르쳤는데, 나를 낳고서 그만두었다. 취미로 다시 공부를 시작해서 영문학 석사과정까지 수료했다. 나는 중학교 때까지 어머니와 같이 영어 공부를 했다. 그러나 두 분 다 나에게 한 번도 공부를 강요한 적이 없다. 오히려 내가 욕심을 내면 부담스러워했다.

민사고는 학비가 상당했다. 아버지가 국가유공자라 기숙사비는 지원을 받았다. 그래도 1년에 2000만 원 정도는 필요했다. 중학생 전범선은 그게 얼마나 큰 돈인지 감이 없었다. 공부만 잘하면 장땡이라고 생각했고, 부모님이 지원해주는 게 당연하다고 여겼다. 실제로 두 분은 묵묵히 허리띠를 졸라매고 나를 밀어주었다.

민사고 입시 준비를 위한 대치동 유학부터 돈이 많이 들었다. 지인의 집에서 하숙하면서 학원을 오갔다. 힘수학, 영재사관, 페르마, 파인만 등 여러 곳을 옮겨다녔다. 학원을 통해 정보를 입수하지 않으면 도저히 입시 준비를 할 수 없었다.

2006년 민사고 입시에는 총 여섯 관문이 있었다. 내신, 토플, 수학경시대회(수경), 영재판별고사(영판), 국어능력인증시험, 면접. 나의 내신 성적은 더할 나위 없이 좋았다. 토플은 특별한 정보력이 필요하지 않았다. 아나운서 지망생들이 주로 보는 국어능력인증시험 역시 그냥 공부해서 보면 되었다. 그러나 민사고에서 자체적으로 실시하는 수경과 영판은 기출문제 분석을 기반으로 한 선행 학습이 필수였다. 학원에서는 미리 고등학교 수준의 수학, 과학을 속성으로 가르쳤고 그것을 이용해 창의력 문제를 푸는 연습을 시켰다. 최종 관문인 면접을 위한 준비도 학원 정보가 없으면 힘들었다. '전문성 면접'이라는 이름으로 영어 독해 시험을 봤기 때문이다. 대치동 유학을 가지 않았으면 나는 민사고에 합격하지 못했을 것이다.

민사고는 한 학년에 약 150명이었다. 90명 정도가 국제반이었고 나머지 60명이 국내반 또는 민족반이었다. 전자는 해외, 특히 미국 대학 진학, 후자는 국내 대학 진학이 목표였다. 입학 기준은 비슷했으나 국제반 영어 점수가 더 높았다. 나는 막연히 국제반이 더 좋은 거라고 생각했다. 박원희 선배의 『공부 9단, 오기 10단』이라는 책이 유행하던 때였다. 국제반에 가면 무조건 하버드 가는 줄 알았다. 승부욕이 나를 국제반으로 이끌었다. 미국 유학이 갖는 의미에 대한 진지한 고민 없이 중3 때 나의 미래가 결정되었다.

마침내 2007년 2월 민사고에 입학했을 때, 나는 우물 안 개구리였음을 뼈저리게 느꼈다. 강원중학교의 전설도 민사고에서는 명함을 못 내밀었다. 전국에서 날고뛰는 공부벌레들이 모인 곳이었다. 강원도에 있는 학교였지만, 민사고 12기 국제반 중 강원도 출신은 나 혼자였다. 거의 다 수도권 출신이었다. 대치동 학원가에서 봤던 친구들이 절반이었고, 목동과 노원, 일산, 분당 출신도 많았다. 경상도, 충청도가 약간 있었고, 전라도와 제주도는 한 명씩 있었던 걸로 기억한다. 교수, 의사, 변호사, 대기업 임원 자녀들이 대부분이었다.

첫 중간고사 때 경제학에서 B를 받은 충격을 잊지 못한다. 전교 1등은 상상도 못했다. 민사고에서 나의 승부욕은 만족되기 힘들었다. 일단 영어가 상대적으로 약했다. 어릴 때 부모님 따라 외국 생활을 했거나 아예 그쪽에서 태어난 친구들은 영어를 모국어처럼 구사했다. 민사고는 수업이 영어로 진행되었다. 영어가 부족하면 전체적으로 밀렸다. 수학, 과학은 말할 것도 없었다. 세계 대회에서 수상하는 친구들이 수두룩했다.

이기기 위한 공부는 더 이상 무의미했다. 아무리 노력해도 1등을 할 수 없었기 때문이다. 2학년 때부터는 전부 A를 받았지만, 1학년 때 벌어진 격차를 줄일 수 없었다. 졸업 당시 국제반에서 20등 정도였다.

민사고에서 나의 승부욕은 다른 활로를 찾았다. 내가 남들보다 잘할 수 있는 분야를 골라 집중한 것이다. 전교 1등이 되려면 모든 과목을 잘해야 했다. 그게 불가능하다면 하나라도 잘하고 싶었다. 그게 나에겐 역사였다. 가장 좋아하는 과목이었기 때문에 가장 잘할 수 있었다.

알렉산더 간제라는 독일인 역사 선생님이 있었다. 민사고 터줏대감이다. 그의 역사 수업은 내가 이전까지 들었던 것들과 완전히 달랐다. 그는 역사 페이퍼를 쓰게 했다. 스스로 주제를 정하고 조사, 연구하여 자신만의 주장을 펼치는 연습이었다. 나는 처음으로 글쓰기에 흥미를 느꼈다. 학교에서 역사 '덕후'로 통했다. 미국 수능 시험에 해당하는 AP와 SAT 중 세계사, 미국사, 유럽사 등 역사 과목 시험을 전부 치러서 하나 빼고 다 만점을 얻었다. 다트머스대학교 원서에는 간제 선생님 추천서를 받았다. 다른 건 몰라도 역사만큼은 민사고에서 제일 열심히 했다고 자부할 수 있었다.

또 한 가지 집중한 것이 있었다. 바로 밴드였다. 민사고 합격 후 나는 강원중학교 밴드부를 창설했었다. '놈'이라는 이름의 4인조 펑크록 밴드였다. 단 한 차례 학예회 연주를 마치고 밴드는 공중분해 되었다. 공연을 너무 못해서 서로 싸웠다. 미국 밴드 '그린데이'를 커버했는데 엉망진창이었다. 차마 눈 뜨고 영상을 보기 힘들었다. 그래도 난 좋았다. 한 번 맛본 공연의 재미를 잊을 수 없었다.

민사고에는 이미 밴드부가 두 개나 있었다. PLZ와 FITM. 나는 좀 더 하드록 성향을 띤 PLZ에 보컬 겸 기타리스트로 지원했다. 보컬은 탈락하고 세컨드 기타리스트로 합격했다. 우리는 학교 축제를 주름잡았다. 나중에 보컬이 탈퇴하자 내가 그 자리를 꿰찼다. 힙합하는 친구와 '민족 레코드'라는 동아리를 만들어서 자작곡 음반 제작도 했다. 교내 팟캐스트 '민족 라디오'를 자체 운영했고, 매년 대원외고, 용인외고, 한영외고, 청심국제고 밴드부를 초빙해 '민족 락 페스티벌'을 개최했다. 동기 중 나만큼 음악 활동을 열심히 한 사람은 없었다.

하지만 나는 민사고의 전설은 아니었다. 오히려 사감 선생님은 나를 "악의 원흉"이라고 불렀다(왜 그랬는지는 건너뛴다. 철저한 오해였다는 것만 밝힌다). 역사와 음악. 내가 좋아해서 쫓기 시작한 이 두 가지는 순위를 매기기 위한 것들이 아니었다. 물론 역사 성적에도 높고 낮음이 있었다. 그러나 간제 선생님의 역사 페이퍼를 쓸 때 가장 중요한 것은 어떤 주제를 가지고 어떤 주장을 하는가였다. 나는 17세기 영국의 유료 고속도로에 관한 논문을 썼다. 그게 도대체 왜 궁금했는지 모르겠다. 그냥 책을 보다가 고속도로 제도의 유래에 관한 내용을 접했고, 파고들기 시작했다. 정답이란 게 있을 수가 없었다. 고속도로에 관해 설득력 있고 유의미한 이야기를 쓰면 됐다. 1등을 하지 않아도 재미있는 공부가 여기 있었다.

밴드도 마찬가지였다. 물론 FITM보다 더 잘하고 싶은 경쟁심은 있었지만, 로큰롤에 등수를 매기는 법은 없다. 얼마나 연주를 잘하는지보다도 선곡이 적절한가, 관객과의 호흡이 좋은가가 우선이다. 공연 중 실수를 해도 내가 즐기면 그만이었다. 축구부 때처럼 단체 기합을 받을 일도 없었다. 음악은 나에게 엄청난 해방구였다.

고3 때 나는 동기들과 함께 밴드 '놈'을 다시 만들었다. 그리고 자작곡 다섯 곡이 담긴 데모 음반「소질과 적성에 맞는 밴드」(↓)를 발매했다. 교내 밴드 연습실에서 취합한 거라 조악했지만 얼마나 뿌듯했는지 모른다. 소강당에서 쇼케이스도 개최했다. 다트머스대학교 지원 자기소개서에도 '놈' 이야기를 썼고, 데모 음반을 첨부해서 보냈다. 나는 사실상 역사와 음악으로 대학에 합격했다.

초등학교 때 운동을 하면서 키운 승부욕으로 강원중학교의 전설이 되었고, 대한민국에서 가장 좋다는 민족사관고등학교에 합격했다. 1등만 기억하는 나라에서 1등으로 살았다. 그러나 막상 민사고에 가보니 부질없었다. 1등만 모인 1등 학교에서도 1등은 결국 한

(→) 민족사관고등학교 교훈의 일부를 따왔다. "민족주체성 교육으로 내일의 밝은 조국을. 출세하기 위한 공부를 하지 말고 학문을 위한 공부를 하자. 출세를 위한 진로를 택하지 말고 소질과 적성에 맞는 진로를 택하자. 그것이 나의 진정한 행복이고 내일의 밝은 조국이다."

명뿐이다. 그제야 '공부는 경쟁'이라는 강박관념에서 탈출했다. 내가 선택한 역사와 음악 두 분야 모두 줄 세우기와는 거리가 멀었다. 독창성과 설득력이 관건이었다. 인문학과 예술의 길에 들어선 것이다. 자유를 향한 나의 여정은 민사고에서 시작되었다.

민족사관고등학교. 처음엔 육군사관학교 같은 건 줄 알았다. '사관'이 들어가면 리더를 양성하는 곳이라고 막연히 짐작했다. 알고 보니 한자가 달랐다. 육군사관학교의 사관은 장교를 뜻했다. 민족사관고등학교의 사관은 역사관이었다.

민사고는 전국, 어쩌면 전 세계에서 유일하게 특정 역사관을 표방하는 고등학교일 것이다. 민족주의 역사관을 가르친다. 역사 '덕후'였던 나는 의문투성이였다. 민족사관이란 무엇인가? 무엇이길래 최명재 씨는 사재를 털어 학교까지 세웠을까?

"영어는 앞서간 선진문명 문화를 한국화하여 받아들여 한국을 최선진국으로 끌어올리기 위한 수단이며, 그 자체는 결코 학문의 목적이 아니다."

매주 월요일 애국조회 때마다 암송한 '영어 상용의 목적'이다. 민사고에서는 국어와 국사를 제외한 모든 수업 시간에 영어를 쓰는 게 원칙이다. 일상생활에서도 영어만 써야 한다. 한국어를 쓰다가 적발되면 학생 법정에 가서 벌점을 받는다. '조국(祖國)'이라는 한자가 크게 걸린 단상에서 한복을 입은 학생 사법위원

장이 영어로 재판을 한다(민사고 학생회는 삼권 분립이 되어 있다). 벌점이 40점 이상이면 명심보감을 통째로 베껴 썼다. 영어를 안 쓰고 한국어를 쓰다 걸리면 한자를 써야 하는 꼴이었다. 이 모든 것이 '민족사관'의 이름 아래 자행되었다.

나는 학교에서 들을 수 있는 모든 역사 수업을 들었다. 한국사보다 미국사, 유럽사, 세계사가 많았다. 국제반은 미국 수능 준비가 최우선이었기 때문이다. 한국사 시간에도 민족사관을 심도 있게 다룬 적은 없다. 민사고만의 특이한 역사 수업이 있긴 했다. 다산 연구와 충무 연구였다. 학교 정문에 동상으로 서 있는 정약용과 이순신에 대해 배웠다. 그나마 『칼의 노래』를 읽는 정도였다. 민족사관이 애초에 다른 역사관과 어떻게 다르고, 우리가 그것을 왜 따라야 하는지에 대해서는 별다른 설명이 없었다.

미국 다트머스대학교에 가서 역사 전공을 하고 나서야 민족사관이 무엇인지 이해했다. 역사를 민족 본위로 해석하는 것이다. 일단 민족이란 피와 말을 공유하는 인간 집단이다. 특정 민족의 입장에서 역사를 본다는 것은, 반대로 호모 사피엔스라는 종족 전체의 입장에서 보지 않겠다는 뜻이다. 자기 민족의 역사가 다른 민족의 역사보다 중요하다는 선언이기도 하다. 서양에서는 이런 사상이 극우파의 전유물로 여겨진다. 무솔리니와 히틀러가 대표적이다. 나의 모교 이름이 '민족주의 역사관을 지닌 고등학교(High

School with a Nationalist View of History)'라고 설명하자 미국 교수와 학우들은 매우 흥미로워했다.

사실 민사고의 영어 이름은 '코리안 민족 리더십 아카데미(Korean Minjok Leadership Academy)'다. '민족'은 일부러 번역하지 않았고, '역사관'의 의미는 완전히 뺀 채 리더십 학교로 포장했다. 현명한 선택이다. 만약 민족사관고를 어떤 식으로든 직역해서 썼다면, 그런 이름의 학교에서 지원하는 학생들을 아이비리그 대학에서 잘 뽑지 않았을 것이다.

왜 민족사관이라는 말이 한국에서는 당연한데, 영미권에서는 이상할까? 우리는 왜 민족사관을 좋아하면서 번역하기는 부끄러워할까? 이는 한반도 근현대사를 논해야 설명할 수 있다. 한복을 입고 한옥에 살면서 영어 상용 정책을 따라야 했던 나의 역설적인 상황과도 관련이 있다.

조선에 민족사관이 생겨난 것은 식민사관에 대한 저항이었다. 일제가 강요한 역사관, 즉 조선 민족은 열등하기 때문에 일본의 식민지배를 받아도 마땅하다는 논리에 반발한 것이었다. 신채호, 정인보, 박은식 등 초기 민족사학자들은 "우리 민족도 위대하다"는 식으로 받아쳤다. 을지문덕, 강감찬, 이순신 등의 인물을 예로 들면서, "우리도 막강했던 시절이 있었다"고 자위했다. 지금은 굴욕적인 지배를 받아도 역사를 교훈 삼아 힘을 키우면 언젠가 일제를 물리칠 것이라는 신앙고백이었다. 이때까지 민족사관은 영어 상용 정책이나 아이비리그 진학과는 아무 상관이 없었다.

조선이 미국과 소련에 의해 해방된 후 민족사관의 뜻은 달라졌다. 더는 일제로부터의 독립이 목적이 아니었다. 북한은 민족사관을 주체사상으로 둔갑시켰다. 뭐든지 "우리 민족끼리" 김일성의 영도 하에, 외세의 간섭 없이, 주체적으로 해야 한다는 주장의 뒷받침으로 민족사관을 이용했다. 갑자기 단군왕검의 무덤을 발굴했다면서 그 위에 피라미드를 짓는 식으로 역사를 조작했다. 고조선부터 고구려, 고려, 조선을 거쳐 조선민주주의인민공화국까지. 찬란하고 유구한 우리 민족의 역사는 하나로 쭉 이어지며 절대로 외국에 의존하지 않아도 잘 먹고 잘 살 수 있다. 이것이 북한 민족사관의 골자다. 흥선대원군 시절 위정척사와 비슷한 정신이다. 그만큼 북한을 폐쇄적이고 국수적으로 만들었고, 경제적 파탄에 이르게 했다. 북한 민족사관 역시 영어 상용 정책이나 아이비리그 진학과는 아무 상관이 없다. 오히려 정반대를 가리킨다.

대한민국은 어땠나. 북한과 달리 남한은 미국 지배를 받았다. 1945년 조선총독부에는 일장기가 내려가고 성조기가 올라갔다. 미군정이 대한민국 정부를 만들었고, 한국전쟁 때도 미국이 남한을 살렸다. 지금도 전시작전권은 미국이 갖고 있다. 나처럼 카투사로 복무한 사람은 미군복을 입고 미국령에서 대한민국 국방의 의무를 다한다. 지난 75년간의 한국사는 사실상 미국화 과정이었다. 미합중국의 자유민주주의와 시장경제 모델을 흡수하는 역사였다. 이러한 풍토에서 남한의 민족사관은 특이한 형태를 띠게 된다.

크게 두 가지로 볼 수 있는데 첫째는 반미 민족사관이다. 미국을 일본과 같은 제국주의 침략자로 규정하고 그들로부터 해방되고자 하는 관점이다. 이런 생각을 가진 사람은 자연스레 미국보다 북한을 더 가깝게 느낀다. 특히 1980년대에 반미 민족사관이 유행했다. 광주민주화운동을 전두환이 진압할 때 미국이 눈감아줬다는 사실이 반미 감정을 폭발시켰다. 민족해방과 평화통일을 위해서는 미국이 물러나야 한다는 입장이었다. 이러한 사관은 자본주의 체제에 대한 비판과 맞물려 학생들과 지식인들 사이에서 큰 힘을 얻었다. 하지만 1990년대 사회주의 진영이 몰락하고, 북한 체제의 빈곤과 전체주의적 면모가 드러나면서 인기가 식었다. 지금은 남한에서 미국보다 북한을 좋아하는 사람은 드물다. 특히 젊은이들 사이에는 거의 없다.

둘째는 친미 민족사관이다. 미국을 우리가 따라야 할 선배이자 우방이라 여기고 한민족의 진보를 위해 미국을 본받아야 한다는 관점이다. 서재필과 안창호와 이승만 노선의 연장이다. 이러한 민족사관에 입각할 때 비로소 영어 상용과 아이비리그 진학이 중요해진다. 영어 상용의 목적을 다시 읊어본다. "영어는 앞서간 선진문명 문화를 한국화하여 받아들여 한국을 최선진국으로 끌어올리기 위한 수단이며 그 자체는 결코 학문의 목적이 아니다." 여기서 앞서간 선진문명 문화는 다름 아닌 미국이다. 오늘날 대한민국에서는 이러한 관점이 별 이견 없이 받아들여진다. 그래서 민족사관고등학교가 성립한다.

역사의 아이러니다. 초기 민족사학자들이 맞서 싸우고 극복하려던 모습이 민족사관의 이름으로 돌아왔다. 일제시대 조선인들은 학교에서 조선말을 쓰지 못하고 일본어 쓰기를 강요당했다. 일본어 상용 정책 때문이었다. 물론 민사고의 영어 상용 정책은 잘 지켜지지 않았다. 학생부 선생님이 지나갈 때나 영어를 썼다. 그런데 그것은 일제시대에도 마찬가지였다. 일본인 앞에서나 일본어 쓰지, 조선인들끼리는 웬만하면 조선말을 썼다. 외국어 쓰기를 강요받는 것이 분해서 만든 민족사관인데, 그것을 이름으로 내건 학교에서 도리어 외국어 쓰기를 강요한다. 씁쓸하다 못해 우스꽝스럽다.

영어 이름을 쓰는 학생도 많았다. 주로 영어학원에서 만들었던 이름을 고등학교에 와서도 썼다. 원어민 교사들은 영어 이름 쓰기를 권장했다. 자기가 기억하고 부르기 편해서였다. 나 역시 해트필드라는 선생의 수업 시간에 제이컵이라는 영어 이름을 썼다. 일제강점기 민족사학자들은 창씨개명, 즉 일본어 이름 쓰기에 저항했거늘 민사고에서는 영어 이름을 쓰는 일이 허다했다. 자발적으로 한 것이니 다르다 할 수도 있지만 친일파들도 자발적이지 않았나. 어쩌면 친미파 리더 양성 학교의 당연한 모습이겠다.

결국 미국을 어떻게 보느냐의 문제다. 나는 한국의 뿌리를 찾아 미국에 가서 '식민주의와 민족국가 건설'을 중심으로 역사를 공부했고, 그것이 부족하다 싶어 미국의 뿌리를 찾아 영국에 가서 '토머스 페인과 미국혁명'에 관한 석사 연구를 했다. 내가 내린 결론은 이렇다.

미합중국이 대영제국에서 나왔듯이, 대한민국도 미합중국에서 나왔다. 미국은 영국으로부터 완전 독립하는 데 150년 넘게 걸렸고 이제는 서로 든든한 우방으로 잘 지낸다. 한국은 건국 100주년이지만 아직도 미국이라는 거대한 제국의 일부다. 그게 반드시 나쁜 건 아니다. 남한이 북한보다 잘 살고, 나아가 선진국 반열에 오른 기저에는 미국의 도움이 컸다. 미국 모델을 잘 따라왔기 때문에 한국이 지금처럼 부유하고, 자유롭고, 민주적인 나라가 되었다. 내가 사랑하는 로큰롤 역시 미국 문화다. 좋든 싫든 미합중국은 대한민국의 뿌리고 나의 정체성이다.

앞으로 한미관계도 미영관계처럼 되어야 한다. 식민주의적 주종관계를 벗어나 평등한 동맹으로 거듭나야 한다. 그래야 친미 민족사관의 정당성이 생긴다. 미국은 영국군을 몰아내고 주권을 쟁취하면서 시작한 나라다. 한국이 참으로 미국다워지려면 온전한 주권국가가 되어야 한다. 민족주의의 이름으로 사대주의를 조장하는 작금의 모순을 극복해야 한다.

친미건 반미건, 나는 한국의 민족주의를 극히 경계한다. 자유의 걸림돌이기 때문이다. 제국주의에 저항하여 독립을 외칠 때는 유용하지만 국가와 사회에 저항하여 개인의 자유를 외칠 때는 방해가 된다. 인간은 오직 개인으로서만 자유로울 수 있다. 아무리 해방적인 집단주의도 종국에는 자유의 적이다. 특정 집단의 일원으로서 비로소 자유롭다고 믿는 인간은 철저한 노예일 뿐이다. 개인적이고 파편화된 자유는 환상이라고 비판할 수도 있지만, 그것이 자유라는 개념의 한계다. 정의상, 인간은 자유롭기 위해 집단주의를 탈피해야 한다. 집단보다 개인을 우선시해야 자유가 가능하다.

그런데 대한민국에서 가장 강력한 집단주의가 민족주의다. 민족주의는 좌우를 막론하고 기성세대를 지배하는 이데올로기다. 주변국에 대한 반감, 통일에 대한 열망 등이 탄탄히 떠받치고 있다. 민사고는 대한민국에 팽배한 민족주의라는 빙산의 일각일 뿐이다. 교육 이념이 "민족정신으로 무장한 세계적 지도자 양성"이라는 사실이 어떤 의미인지 생각해볼 필요가 있다. 진정한 자유주의 국가는 개인의 자유와 행복 극대화가 지상과제다. 그러한 국가의 교육기관은 마찬가지로 자유롭고 행복한 인간을 양성하기 위해 설계되어야 한다.

나는 민사고에 다니는 3년 동안 월요일 아침마다 두루마기를 입고 체육관에 일렬로 서서 국기에 대한 경례를 한 후, 출세를 위한 공부를 하지 않고 학문을 위한 공부를 하는 것이 "나의 진정한 행복이고 내일의 밝은 조국"이라고 암송했다. 나의 부모세대가 외웠던 "우리는 민족중흥의 역사적 사명을 띠고 이 땅에 태어났다"라는 전체주의적 발상과 별반 다르지 않았다. 내 삶의 목적이 내가 속한 집단의 사명에 귀속된다는 것은 자유를 본질적으로 부정하는 것이다. 민사고에서 매일같이, 기이한 모순의 형태로 직면한 민족주의의 민낯은 내게 집단주의 전반에 대한 깊은 회의감을 남겼다.

눈치 안 보고 살기의 첫 단계가 경쟁으로부터의 자유였다면, 그다음은 집단으로부터의 자유였다. 집단 구성원의 눈치를 보지 않는 것은 정말 어렵다. '1등하기'를 포기하는 것과는 차원이 다르다. 나 혼자 아무리 '민족은 허상일 뿐이야'라고 한들 모두가 '한민족'과 '우리나라'를 말하는데 어찌할까. 애국조회를 박차고 나오면서 "저는 민족정신으로 무장하기 싫습니다!"라고 소리칠 용기는 없었다.

이렇게 말하면 나의 고등학교 시절이 무슨 억압과 고통에 시달린 나날처럼 들리겠지만, 사실 나는 무척 행복했다. 유별난 친구들과 하루도 심심할 날 없이 보냈다. 유능한 선생님들께 양질의 수업을 받았다. 다만 자유로웠다고는 말하지 못하겠다. 곳곳에 CCTV가 달려 있었고 연애는 금지됐다. 사랑을 금지하는 것만큼 전체주의적인 압제가 있을까. 건강한 성교육보다 음지화를 택한 것이다. 결과적으로 조지 오웰의『1984』속 윈스턴과 줄리아를 방불케 하는 연애담이 펼쳐졌다. 스릴 넘치기도 했지만, 돌이켜보면 왜곡된 성 관념이 싹트기 안성맞춤인 환경이었다. 다시 말하지만 학교의 목적이 개인의 자유와 행복이었다면 사랑을 제일 먼저, 가장 중요하게 가르쳤을 것이다. 그러나 민족의 지도자가 되는 데 한낱 사사로운 감정과 욕망은 중요하지 않았다. 학문을 갈고 닦아 앞서간 선진문명 문화를 따라잡는 데 집중하는 것이 전교생의 사명이었다.

경쟁의식과 집단주의로부터 자유롭기 위해 내가 스스로 던졌던 질문은 "이게 과연 나의 행복을 위한 것인가"였다. 내가 하는 공부가 남을 이기기 위한 것인지 내가 즐겁기 위한 것인지, 민족의 내일을 위한 것인지 나의 오늘을 위한 것인지 곰곰이 따져봤다. 완전히 자유로울 수는 없었다. 하지만 연습을 할수록 눈치는 덜 보게 되었다. 연애 금지를 비롯해서 내가 정말 부조리하다고 믿는 규정은 서슴없이 어겼다. 퇴학 안 당할 정도만 했다. 오해는 말자. 민사고에서 불량생이라고 해봤자 모범생 중의 모범생이다.

한국에 살 때는 민족이라는 집단의 울타리를 직시하는 일이 드물었다. 민사고에서 그나마 교포 친구나 원어민 교사를 보면서 일종의 경계를 감지했다. 나는 미국에 가서야 그 울타리 밖을 확실히 경험했다. 집단주의의 이면에는 배타주의가 도사리고 있었다. 집단주의는 '나'보다 '우리'를 중시하기 때문에 눈치를 보게 만든다. 그뿐만이 아니다. 필연적으로 '그들'보다 '우리'를 중시하기 때문에 또 눈치를 보게 만든다. 타자에 대한 편견과 혐오 역시 엄청나게 눈치를 보는 행위다.

2010년, 강원도 촌놈이 미국 뉴햄프셔 땅을 밟았다. 눈치 볼 일이 엄청 많아졌다. 여태까지 참 눈치 없이 살았구나, 생각이 들 정도였다.

다트머스대학교에 처음 갔을 때 나는 관습적인 민족주의자, 인종차별주의자, 성차별주의자, 동성애 혐오자였다. 아니, 그런 개념도 없었기 때문에 내가 그런 부류에 속한다는 생각조차 하지 않았다. 다트머스에서 3년간 만난 스승과 친구들은 의도치 않게 나의 편견들을 끄집어냈고 깨부쉈다.

'다트머스맨'이라는 표현이 있다. '삼성맨'과 비슷한 느낌이다. 아이비리그 대학마다 그런 개념이 있다. 유펜, 코넬, 브라운, 컬럼비아는 잘 안 쓰지만 '하버드맨', '예일맨', '프린스턴맨', '다트머스맨'은 미국사회에서 일반명사처럼 쓰인다. 각 학교를 대표하는 남성상이 있다는 것이다.

아이비리그 각 학교에 대한 고정관념은 코미디언 코난 오브라이언이 잘 정리했다. 하버드 출신인 코난은 내가 1학년이던 2011년 다트머스대학교 졸업식 축사를 맡았다. 그는 나의 선배들에게 이런 농담을 날렸다.

"다트머스. 여러분은 고개를 높이 치켜들고 자랑스러워하십시오. 왜냐하면 하버드, 예일, 프린스턴이 자아도취에 빠지고 허영심 강하고 인맥 자랑이나 하는 오빠, 형들이라면, 여러분은 쿨하고 성적으로 당당하며 라크로스를 하는 동생들이기 때문이죠. 파티도 열 줄 알고 패딩 조끼를 멋있게 입을 줄 아는 동생들 말입니다. 브라운은 물론 방에서 절대 안 나오는 여러분의 레즈비언 동생이고 펜실베이니아, 컬럼비아, 코넬은 솔직히 누가 신경이나 씁니까."

한국에서는 <가십걸>이라는 미국 드라마를 통해 다트머스가 알려졌다. 동부의 사립 기숙학교 출신 백인 남자들이 선호하는 학교로 묘사된다. 극 중의 네이트는 유력한 정치 가문의 아들이다. 대학 진학 고민을 털어놓자 아버지는 이렇게 말한다. "사실 내가 다트머스맨이잖니." 네이트가 캘리포니아주립대 같은 서부 대학도 고려하고 있다고 말하자 아버지는 언짢아한다. 당황한 네이트는 다트머스가 물론 최우선 순위라고 답한다.

아버지가 다트머스맨인 것은 입학 과정에서 중요하다. 전체 합격자의 10퍼센트는 친척 중 동문이 있는 '레거시'다. 합격률이 일반인보다 2.5배 높다. 나의 1학년 룸메이트 월, 3학년 룸메이트 트룹도 레거시였다. 둘 다 공부에는 취미가 없는 부잣집 백인 남자였다. 레거시가 아니었으면 다트머스에 합격하기 힘들었을 것이다. 월은 3대, 트룹은 2대가 다트머스맨이었다. 나의 대학 생활은 월과 트룹 같은 다트머스맨과의 작용, 반작용의 연속이었다.

다트머스맨을 정의하는 것은 '프래터니티(Fraternity)' 문화다. 프래터니티는 직역하면 '형제회'다. 줄여서 '프랫'이라고 한다. 프랫은 한국의 동아리보다 훨씬 배타적이고 결속력 있는 집단이다. 주로 '카이 감마 엡실론'처럼 그리스 문자로 이름 짓는다. 프랫마다 소유 건물이 있어서 회원들은 그곳에 같이 살기도 한다. 2학년 초에 '러쉬'라는 회원가입 기간을 갖는다. 일련의 통과의례를 거치고 기존 회원들의 투표를 통해 선발된다. 각 프랫마다 주된 정체성이 있다. '카이 감마 엡실론(줄여서 카이 갬)'은 조정부 프랫, '카파 카파 카파(트라이 캡)'는 아시안 프랫, '본스 게이트(비지)'는 힙스터 프랫, 이런 식이다.

프랫이 다트머스에만 있는 건 아니다. 미국 대학, 특히 사립대학에는 흔하다. 하지만 그중 다트머스가 가장 악명 높다. 전교생의 절반 이상이 프래터니티 또는 소로리티(Sorority, 자매회) 회원인 학교는 손에 꼽을 정도로 흔치 않다. 프래터니티 문화에 관한 컬트 클래식 영화인 <애니멀 하우스>(1978)는 각본가 크리스 밀러가 실제 다트머스 '알파 델타 파이(에이디)' 회원으로서 겪은 일들을 기반으로 만들었다. 제목처럼 동물의 집, 축사같이 난잡한 공간에 모여서 방종을 일삼는 대학생들을 그린 유쾌한 코미디다.

다트머스에서는 프랫에 가입하지 않고 사회생활을 하기 힘들다. 파티들이 거의 프랫 지하에서 열린다.

미국에서는 법적으로 만 21세, 대학교 3학년은 되어야 술을 살 수 있는데, 프랫 파티에서는 1, 2학년에게도 맥주를 공짜로 준다. '키스톤'이라는 맛없는 싸구려 맥주가 주종이다.

술도 그냥 마시지 않는다. 미국에서 가장 인기 있는 술 게임이 비어퐁이다. 맥주(비어)와 탁구(핑퐁)의 합성어다. 다트머스가 비어퐁의 원조라는 것이 정설이다. 일반적인 비어퐁은 이렇다. 탁자 양쪽 위에 플라스틱 컵들을 놓고 맥주를 채운다. 탁구공을 던져서 상대편 컵에 넣으면 그쪽이 그 컵에 든 술을 마셔야 한다. 하지만 다트머스에서는 이것을 비어퐁으로 쳐주지도 않는다. '베이루트'라는 다른 이름으로 부른다. 다트머스 비어퐁은 훨씬 본격적이다. 탁구공을 손으로 던지는 대신 탁구채를 사용한다. 단, 손잡이를 제거한 후 채를 손바닥 가득 쥐고 친다. 그러면 손잡이를 잡고 치는 것보다 공이 높은 포물선을 그린다. 그래야 컵에 잘 들어가고, 술에 취해 몸이 둔해져도 칠 수 있다. 프랫 지하에서 비어퐁을 치는 것은 다트머스 사회생활의 기본이다. 다트머스맨이 되려면 이것부터 시작해야 한다.

나는 비어퐁이 재미없었다. 게임 자체는 탁구 같아서 괜찮았는데, 내가 술을 못해서 힘들었다. 그리고 프랫 지하는 역겨웠다. 오줌과 구토와 맥주 냄새가 섞여 있었다. 굳이 왜 그런 곳에서 맛없는 술을 마셔야 하는지 이해가 안 됐다. 다트머스의 비어퐁과 프랫 문화를 처음 접했을 때 나는 홍대가 그리웠다. 고등학교를 졸업하고 대학교에 입학하기 전까지 9개월 정도, 한미 간 학제 차이로 인해 비는 기간이 있었다. 그때 나는 밴드 '놈'과 함께 홍대에서 클럽 공연을 했다. '이스턴 사이드킥'이라는 밴드에서 기타를 연주하기도 했다. 주말에 밴드 공연을 마치고 좋은 음악 들으면서 맥주 한 잔 들이키던 시절을 추억했다. 홍대 '밴드맨'이 아닌 '다트머스맨'이 되려면 따라야 하는 일련의 의식들이 나에게는 이상하게 느껴졌다. 주변인이 된 것이다.

2학년이 되면서 친구들은 모두 프랫을 정했다. 나는 아무 데도 들어가지 않았다. 대신 대안적인 공동체를 찾았다. 밴드 '더 샤즈(The Shas)'가 그것이었다. 신입생 환영회 때 콰메라는 친구를 만났는데 가나에서 온 유학생이었다. 우리는 금방 어쿠스틱 밴드를 결성했다. 내가 통기타를 치고 콰메가 젬베를 쳤다. 당시 미국 대학생들이 좋아했던 MGMT, 뱀파이어 위크엔드, 킹스 오브 리언 같은 밴드들을 커버했다. 우리 둘은 학교 앞 피자집에서 하는 밴드 경연대회 '배틀 오브 더 밴드'에 출전했다. 리허설 때 MGMT의 <Kids>를 연주하는데 누군가 다가왔다. 자기는 엘리엇이라는 신입생인데 방에 있는 신시사이저를 갖고 와서 같이 연주해도 되냐고 물었다. 안 그래도 <Kids>는 리드 신스 멜로디가 핵심이었기 때문에 우리는 흔쾌히 승낙했다. 방에서 조그만 마이크로 코그(Micro Korg)를 가져온 엘리엇이 합류했다. 우리 셋은 경연대회에서 우승했다.

그날 밤 '더 샤즈'가 결성되었다. 엘리엇은 기숙사 옆 방 친구인 아담을 베이스 주자로 데려왔다. 한국에서 했던 밴드 이름 '놈'을 컴퓨터 키보드에서 한/영 전환을 누르고 타이핑하면 'sha'가 되었다. 페르시아의 왕인 'Shah'와 발음이 같아서 이국적인 느낌이 들었다. 전범선(보컬/기타, 한국), 엘리엇 샌본(건반, 캘리포니아), 아담 실레끼(베이스, 뉴욕), 콰메 오헤네-아두(드럼, 가나)로 이뤄진 4인조 다국적 밴드에 어울리는 이름이었다. 더 샤즈는 학교 행사를 많이 뛰었다. 학생회관 카페, 프랫 파티, 동네 술집 등 안 가는 곳이 없었다. 홍대와 달리 다트머스는 행사에 섭외하면 무조건 현금을 챙겨줬다. 수입이 짭짤했다. 더 샤즈를 통해 나는 다트머스에서 나만의 자리를 찾았다.

샤즈 멤버 중 엘리엇을 빼고는 아무도 프랫에 가입하지 않았다. 엘리엇도 개중 가장 느슨하고 대안적인 프랫에 가입만 하고 별다른 활동을 하지 않았다. 우리는 주말에 합주나 공연을 하고 맥주 한 잔 마시며 대화를 나눴다(내가 계속 '한 잔'을 강조하는 건, 진짜 한 잔만 마셨기 때문이다). 특히 정치, 사회 문제에 관심이 많았던 엘리엇과는 밤샘 토론을 이어가곤 했다.

엘리엇의 당시 애인 엘리아나는 내가 처음 보는 유형의 여성이었다. 비건 페미니스트였다. 그를 통해 <버

자이너 모놀로그>라는 연극을 접했을 때 받은 충격을 잊을 수 없다. '보지 독백'이라는 의미의 제목에서 드러나듯이 여성이 겪는 온갖 문제를 거침없이, 해방적으로 다루는 작품이었다. 누군가에게는 너무나도 당연한 것이 나에게는 낯설기 그지없을 때, 내가 가진 편견을 저울질할 수밖에 없었다.

엘리엇과 스코틀랜드 배낭여행을 다닐 때였다. 어느 허름한 모텔 방에 앉아 밤늦게 열변을 토했다. '여성도 남성과 비슷한 수준의 성욕을 느낀다'라는 명제에 대해서였다. 엘리엇은 어이없다는 듯이 당연하다고 했고, 나는 그것을 반박하려 애썼다. 그러나 곧 나의 모습이 옹졸하고 형편없다는 것을 절감했다.

3학년 가을학기 때는 다섯 명이 한집에 살았다. 넷다 백인 남자였는데 그중 닉과 빅터는 게이였다. 나는 공개적으로 게이인 친구들과 그때 처음 같이 살아봤다. 굳이 따지지 않아도 알 수 있었다. 내가 지금까지 동성애자에 대해 갖고 있던 편견이 아무런 근거가 없음을, 닉과 빅터에게는 차마 내뱉지 못할 폭력적인 말들을 일상적으로 사용해왔음을 깨달았다. 다트머스에서 만났지만 다트머스맨과는 거리가 먼, 나의 아웃사이더 친구들은 계속 나를 태클질했다. 부끄러움의 연속이었다.

그러던 중 앤드루 로스 사건이 터졌다. 「롤링 스톤」에 실린 '아이비리그 프랫보이의 고백: 다트머스 신고식

학대 내부 고발'이 발단이었다. SAE라는 프랫의 회원인 로스가 자신을 비롯한 동료 '브라더(회원)'들이 거쳐야 했던 통과의례가 가학적이고 비인간적이라고 폭로한 것이다. 그에 의하면 SAE에 가입하기 위해서 지원자들은 서로의 몸에 구토하는 것은 물론 각종 술과 음식, 오줌, 똥, 정액까지 섞인 유아용 풀장에서 헤엄쳐야 했다. 약물 중독과 우울증에 시달리던 로스는 자신의 삶이 망가진 이유가 다트머스의 뿌리 깊은 프랫 문화 때문이라고 비판했다.

로스 역시 레거시였다. 그는 자신의 할아버지처럼 잘 나가고 술 잘 마시는 다트머스맨, '진짜 브로(bro)'가 되고 싶었다. 다트머스맨이란 결국 이상화된 백인 남성 특권의 전형이었다. '잘 생기고, 프레피하고, 카리스마틱하고, 칵테일 파티에서 잘 놀고, 남성적이며, 지적이고, 부유하고, 약간 다듬어지지 않은', 다시 말해 '완전 윤기 나고 재수 없는 예일맨'과는 다르게 '조금 거친 남자'가 다트머스맨이었다. 로스는 그 이상향을 쫓다가 스스로를 잃어버렸다고 후회했다. 학교가 나서서 프랫 제도를 폐지해야 한다고 주장했다. 로스는 SAE뿐만 아니라 다트머스 전체의 배신자로 낙인찍혔다. 학교는 되려 그를 학대범으로 조사했다.

내부 고발은 도화선이 되어 학내 시위로 이어졌다. 페미니스트 학생들은 프랫이 강간 문화를 조장한다고 지적했다. 다트머스는 아이비리그 대학 중 인구당 성범죄율이 제일 높았다. 실제 '프랫 브로'들에게 성

폭행당한 피해자가 한둘이 아니었다. 다트머스맨들이 영속화하는 인종차별주의, 성차별주의, 계급주의, 동성애 혐오 등에 대한 총체적인 비판이 쏟아졌다. 일부 학생들이 신입생 환영회를 습격해 "다트머스에는 문제가 있다!"라고 외치자 여론은 양분되었다. 교내 신문들은 각자 관점대로 보도했다. 연좌 농성이 이어졌다. 학교는 수업 대신 공청회를 열었다. 미국식 민주주의의 축소판이 작동하는 것 같았다.

나는 조기 졸업을 앞두고 나의 대학 생활을 회고하며 교지 「더 다트머스」에 이렇게 기고했다. "나는 다트머스에 큰 영향을 끼치지 못했지만, 다트머스는 분명 나를 크게 바꾸었다. 꾸준히 스스로 묻게 만들어준 다트머스의 목소리들(광야에서 외치는 소리)에게 나는 깊이 감사하다.(↓)" 민사고가 민족과 국가라는 고민을 내 가슴 깊이 심었다면, 다트머스는 정체성 정치와 소수자 해방이라는 화두를 던졌다. 난생처음 철저한 경계인으로 살았던 3년이었다.

경계인이었기 때문에 내게 내재화된 집단주의를 허물 수밖에 없었다. 미국에서 소수민족이 되니 한국 민족주의의 이면이 보였고, 다른 소수자들에 대한 편견도 하나둘 불식되어갔다. 내가 '한국인 이성애자 남성'이라는 정체성의 울타리 안에 갇혀 있다는 사실이 싫었다. 그 울타리를 확장하는 일은 결국 공감의

(→) 다트머스 대학 교훈: Vox clamantis in deserto(광야에서 외치는 소리).

영역을 넓히는 것이었다. 내가 미국 흑인이나 동성애자나 여성이 될 수는 없지만, 그들이 겪는 차별과 배제를 들여다봄으로써 나와 그들이 결국 한 집단의 일원이라는 진리를 상기했다. 인류라는 집단, 인간이라는 정체성 말고 나머지는 디테일일 뿐이다. 그러한 디테일에 대해서는 편견을 갖지 말고 다양성을 예찬하면 되었다.

사실 누군가에 대해 편견을 갖는 건 엄청나게 눈치를 보는 일이다. 한국인은 일본, 중국, 미국에 대한 민족주의적인 반감이 크기 때문에 편견도 많고 눈치도 많이 본다. 여성혐오자만큼 여성이 뭘 입고 다니는지 무슨 행동을 하는지 눈여겨보는 이도 없고, 동성애 혐오자만큼 남이 누구와 어떤 체위로 사랑을 나누는지 따지는 이도 없다. 편협한 집단주의의 울타리에 갇혀서 타자에 대한 편견을 양산할수록 눈치를 많이 보고, 그만큼 자유롭지 못하다. 나는 다트머스에 다니는 남자였지만 다트머스맨이 되고 싶지는 않았다. 한국인 남성이었지만 소위 '한남'이 되고 싶지는 않았다. 그 모든 것이기 전에 그저 인간이고 싶었다.

졸업 후 이듬해 옥스퍼드 석사 과정에 진학했다. 지도교수인 브라이언 영 선생은 나를 만나자마자 이렇게 말했다. "오, 자네가 그 다트머스맨이로구만!" 학부 생활 내내 프랫을 피하고 대안적인 삶을 고민했지만, 결국 나도 다트머스맨이었다. 밖에서 보았을 때 백인만 아닐 뿐, 온갖 특권을 누리고 사는 시스젠더 헤테로 남성 엘리트일 뿐이었다. 다트머스맨을 까는 다트머스맨이 곧 나였다. '한남'이길 부정하는 한국인 남성이 나였다. 자아를 성찰하고 뿌리를 찾아가는 과정은 곧 내가 가진 특권을 인정하고 비판하는 일이었다. 특권으로부터 자유롭고 싶을수록 나는 자가당착과 자기부정의 늪에 빠졌다.

다트머스 도서관을 헤매던 어느 날, 우연히 호머 헐버트의 『대한제국 멸망사』를 발견했다. 헐버트는 다트머스 1884년 졸업생이자 나의 130년 선배였다. 1886년 고종이 양반들에게 영어를 가르치기 위해 세운 육영공원 교사로 처음 초빙되었다. 한글이 과학적으로 우수하고, 민중계몽을 위해 유용하다는 점을 깨닫고 최초의 한글 교과서 『사민필지』를 집필했다. 양반들이 천시하던 한글의 가치를 미국인이 먼저 알아챈 것이다. 그는 배재학당에서 이승만, 주시경 등에게 서양 문물을 가르쳤다. 고종의 특사로서 미국 루즈벨트 대통령을 방문해 대한제국 독립을 주장했으며, 이상설, 이준, 이위종과 함께 헤이그 특사로 파견되기도 했다. 1909년 일제에게 추방된 후에도 미국에서 조선 독립을 주장했다. 1949년 한국에 돌아와 사망한 후 양화진에 묻혔다.

헐버트는 민족주의가 아닌 인류애와 국제법에 근거해 독립운동을 한 인물이었다. 2013년, 나는 사단법인 헐버트박사기념사업회 일을 도왔다. 헐버트의 논문들을 한국어로 번역했다. 내가 독립운동가복지회관을 안방처럼 드나들자 어머니는 조용히 나를 불렀다.

"아들아, 너는 사실 친일파의 후손이란다."

청천벽력 같은 소리였다. 조선 최초의 신소설 「혈의 누」를 쓴 것으로 유명한 이인직이 나의 5대조 할아버지라고 했다. 외할머니의 증조할아버지였다. 내가 친일파의 후손이라니.

국비장학생으로 일본 유학을 했던 이인직은 청일전쟁 때 일본군 역관 노릇을 했다. 이후 이완용의 통역관으로 맹활약했다. 이완용은 원래 친미파여서 일본어를 못했다. 실제 나라를 팔아먹은 말은 이완용이 아닌 이인직의 입에서 나왔을 것이다. 그는 조선인 아내를 버리고 일본인에게 새장가를 갔다. 나의 외가는 이인직이 버린 조선인 가족의 후예였다. 딱히 득을 본 것도 없지만, 대대로 쉬쉬해왔다. 어머니는 빛바랜 이인직 사진을 보여주었다. 대중에 공개되지 않고 집안에서만 전해지는 것이었다. 검색해보니 이인직의 모습은 사진 없이 그림만 나왔다. 전형적인 친일파의 형상이었다. 어머니가 보여준 사진과는 많이 달랐다.

헐버트와 이인직은 동시대 조선의 언론인으로 활동했다. 각각 1863년과 1862년생으로 나이도 비슷했다. 헐버트는 영문 잡지인 「Korea Repository」와 「Korea Review」를 발행했고, 이인직은 이완용 내각의 기관지인 「대한신문」 사장이었다. 나의 미국인 대학 선배가 조선 독립을 위해 인쇄기를 돌릴 때, 나의 조선인 할아버지는 나라를 일제에 넘기려고 같은 일을 했다.

이인직에 대해서는 국어 시간에 들은 적이 있었다. 친일파보다는 국문학의 선구자로 배웠다. 「혈의 누」의 저자가 나의 선조라는 점도 놀라웠지만, 대표적인 친일파였다는 사실이 더 충격이었다. 나는 그가 궁금해졌다. 헐버트라는 화두가 이인직으로 넘어온 것이다. 그의 작품들을 탐독했다. 「귀의 성」이 가장 인상 깊었다. 소설 배경이 내 고향 춘천이었기 때문이다. 주제는 다분히 근대적이고 계몽적이었다. 양반제와 첩 제도에 대한 비판의식이 드러났다. 왜 이인직에게는 개화가 곧 친일이었을까?

헐버트도 원래는 일제에 우호적이었다. 사실 러일전쟁 때까지는 조선의 개화를 꿈꾸는 지식인 대다수가 친일파였다. 서세동점의 시대에 일본은 동양의 희망이었다. 앞서간 일본을 본보기 삼아 조선을 개혁하자는 생각이 당연했다. 안중근조차 러일전쟁을 서양과 동양, 백인과 황인의 전쟁으로 인식하고 일본의 승리를 축하했다. 하지만 대한제국 황실과 백성에 대한 일제의 탄압이 날로 심해지자 헐버트는 마음을 바꿨다. 을사조약을 명백한 국제법 위반이라고 규정했다. 국제사회에 조선의 현실을 알리기 위해 노력했다. 헐버트에게 개화란 더 이상 친일이 아니었다. 심지어 맹목적인 친미도 아니었다. 그는 가츠라-태프트 밀약을 통해 조선을 일본에게 넘기고 필리핀을 확보한

자국 대통령 시어도어 루스벨트를 신랄하게 비판했다. 1882년 체결한 조미수호통상조약을 위반했다고 꼬집었다. 헐버트에게 개화란 국제법에 대한 존중이었다. 인도주의에 입각한 세계시민적 관점이었다. 안중근은 1909년 뤼순 감옥에서 조사받을 때 "헐버트는 한국인이라면 하루도 잊을 수 없는 인물"이라고 평했다.

내게 한국 근대사는 헐버트와 이인직의 대화로 정리되었다. 나는 한국의 뿌리 깊은 민족사관을 거부했다. 그렇다고 일제의 식민사관을 용납할 수도 없다. 동전의 양면처럼 둘 다 전체주의적이었다. 한국의 주류 학계 및 언론이 찬양하는 김구 이하 민족주의자들과는 다른 입장에서 일제를 비판하고 싶었다. 그때 발견한 것이 헐버트였다. 그는 인류 보편적 입장에서 한글 사용을 주장했고 (심지어 중국도 상형문자를 파기하고 문명 진보를 위해 표음문자인 한글을 도입해야 한다고 했다) 조선 독립의 정당성을 외쳤다. 나의 헐버트 연구는 안중근의 동양평화론, 서재필, 삼일운동, 함석헌 등으로 꼬리에 꼬리를 물고 이어졌고, 결국 국제법에 근거한 비폭력 평화주의를 주 관심사로 만들었다.

로널드 에즈포스 교수의 평화학 수업은 내게 결정타를 날렸다. 인류 본성에 관한 진화론적 논쟁부터 근대 전쟁의 참혹성, 그리고 그 반발로 나온 평화운동까지 다뤘다. 에즈포스 교수의 역사관은 대략 이랬다. 18세기 토머스 페인과 임마누엘 칸트가 영구평화론을 제시한 이후 민주주의와 자유무역의 확산으로 지구상의 전쟁이 줄어들고 있다. 국제연합과 유럽연합 등이 힘을 얻을수록 인류는 항구적인 평화 체제에 가까워진다. 『우리 본성의 선한 천사』를 쓴 스티븐 핑커의 주장처럼 낙관적인 줄거리였다. 에즈포스 교수는 원래 대공황과 세계화를 다루는 경제사학자였는데 이라크 전쟁 이후 평화운동사에 투신했다. 노교수의 날카로운 강의를 들으며 나는 고무됐다. 인류 진보의 거대한 물결 위에 있다는 안락함과 그것에 내가 마땅히 일조해야 한다는 사명감이었다.

나는 로스쿨에 가기로 결심했다. 국제법을 공부해서 동북아 평화체제 건설에 이바지하고 싶었다. 뉴욕의 컬럼비아대학교 로스쿨이 국제법으로 유명하다고 했다. 유엔 본부랑 가까워서 그런 듯했다. 학부에서 역사를 전공한 것은 꽤 도움이 되었다. 로스쿨 입학시험인 LSAT가 사실상 독해와 작문 중심이기 때문이다. 부모님도 반겼다. 민사고, 다트머스 동문 중 로스쿨에 간 사람이 워낙 많았기 때문에 입시 정보를 얻는 것도 쉬웠다. 민사고 입시를 위해 대치동 유학을 갔던 때와는 상황이 많이 달랐다. 중심부의 혜택을 누릴 수 있었다. 강원중에서 민사고 가는 게 드물지 아이비리그 학부에서 아이비리그 로스쿨을 가는 일은 다반사였다.

나의 앞날을 막연히 상상해봤다. 뉴욕. 국제법. 평화.

통일. 거대한 세계사의 일부가 되어 넓게는 동북아, 좁게는 강원도가 하나 되는 일에 헌신한다. 모교가 말했던 '민족의 지도자', 고관대작의 길은 아니더라도 인생을 바칠 만한 뜻깊은 길이 내 앞에 놓여 있었다. 탄탄대로였다. 모든 것이 순조롭게 흘러가고 있었다.

다트머스에 재학 중이던 2012년, 나는 유니버시티 칼리지 런던(UCL)에 교환학생으로 갔다. 당시 영국의 가을은 우수가 서린 비까지 더해져 독서와 사색을 위한 최적의 조건이었다. 나는 런던 한가운데 BBC 방송국과 리젠트 공원 사이에 살았다. 다트머스대학교 역사학과 학생 열댓 명이 한 건물에 모여 있었다. 매일같이 내셔널갤러리와 그 앞 책방 골목을 걸어서 다녀왔다. 그날 만난 책을 공원에 앉아 읽다가 연못 위의 새들을 관찰했다. 조깅하면서 런던동물원의 기린들과 아침 인사를 나누었다. 여유로운 풍경들이었다.

잉글랜드인 음악가 스팅은 뉴욕에 가서 이렇게 노래했다.

> I'm an alien. I'm a legal alien.
> I'm an Englishman in New York.
> 나는 에일리언. 나는 합법적 에일리언.
> 나는 뉴욕의 잉글리시맨.

나는 런던의 조선인이었다. 합법적 에일리언(외국인/외계인)에게 영국문화는 생경했다. 미국에서 2년 거주한 경험이 있었지만, 다트머스는 미국이기 전에 대학이라는 특수 공동체였다. 우리만의 버블 속에 살았기 때문에 일반적인 미국문화, 특히 도시 라이프스타일을 체험해보지 못했다. 대영제국의 심장에 처음 내던져진 춘천 촌놈의 마음은 『서유견문』을 쓰던 유길준의 그것과 다르지 않았다.

런던의 한국인이 아니라 조선인이라고 표현한 이유는 당시 나의 논문 주제와도 관련 있다. 어니스트 사토우라는 영국인 외교관을 연구했다. 조선에 헐버트가 있다면 일본에는 사토우가 있었다. 헐버트가 나의 다트머스 선배였다면 사토우는 유니버시티 칼리지 런던 선배였다. 헐버트가 고종과의 개인적인 친분으로 독립운동에 뛰어들었다면 사토우는 이토 히로부미의 절친으로서 일본 서구화에 앞장섰다. 나중에는 주일공사로서 영일관계를 돈독히 하는 데 톡톡한 역할을 했다. 헐버트가 한국학의 토대를 마련했다면 사토우는 일본학의 창시자였다. 나는 사토우와 이토 히로부미의 관계를 중심으로 탐구했다.

이토는 일본 변방인 조슈 지역의 사무라이였다. 원래 주변부가 중심부보다 외부 침략을 먼저 접하고 그 심각성을 느끼기 마련이다. 안중근도 서북 출신 양반이라 일찍이 천주교에 귀의했다. 이토는 서구 제국주의 침략을 경험하고 진작에 결론지었다. 승산이 없다. 그들의 심장에 가서 배워오는 게 답이다. 이토를 비롯한 '조슈 5인'은 1863년 유니버시티 칼리지 런던으로 유학을 떠났다. 사토우가 외교관으로 일본에 들어간 바로 다음 해였다. 알다시피 이토는 완전히 서구화되어 돌아와 일본 근대화를 이끈다. 안중근-헐버트, 이토-사토우의 관계는 비교해볼 만하다. 안중근의 동양평화론과 이토 히로부미의 극동평화론은 사실 차이점보다 유사점이 많다. 둘 다 서구 제국주의에 맞서 한·중·일 삼국이 연합해야 한다는 논리였다. 유럽연합과 같은 극동연합을 꿈꿨다.

150년 전 이토가 다녔던 학교를 거닐며 나는 고민했다. 어떻게 하면 한·중·일도 독일, 영국, 프랑스처럼 평화체제를 이룰까?(이때만 해도 나는 브렉시트를 예견하지 못했다) 독일 통일 이후 유럽연합이 탄생했듯이, 한반도 통일도 극동연합과 함께 이뤄져야 한다. 나는 근대 유럽 정치철학의 뿌리를 파고 싶었다. 영국은 어떻게 세계를 정복했을까? 동양은 어찌하면 서양을 따라잡을까? 이토도 유니버시티 칼리지 런던에 와서 비슷한 질문을 던졌을 것이다.

나는 다트머스에서 2학년 때 역사 전공을 택한 이후 사상사에 빠졌다(미국 대학은 주로 2학년 올라가면서 전공을 결정한다). 우디 그린버그라는 이스라엘 출신 교수가 있었다. 젊고 유능한 선생이었다. 말하는 모습이 강단 있고 이지적이어서 따르는 학생들이 많았다. 나치즘과 유럽 지성사를 주로 다뤘다. 나는 그의 수업을 최대한 많이 들었다. 서양 근대 철학사 수업이 특히 인상적이었다. 계몽주의부터 전체주의까지 사조의 궤를 훑었다. 나는 유럽 대륙보다 영국의 철학 전통이 좋았다. 경험주의적이고 회의주의적인 면이 마음에 들었다. 그래서 런던으로 교환학생을 간 것이었다.

유니버시티 칼리지 런던은 영국 철학, 특히 공리주의 전통을 흡수하기에 더없이 좋은 환경이었다. 근대 공리주의의 아버지 제러미 벤담이 이 학교의 정신적 설립자였다. 도서관에 실제 벤담의 미라가 전시되어 있다. 1826년 이 학교의 전신인 런던대가 처음 설립될 때, 영국에는 대학이 옥스퍼드와 케임브리지밖에 없었다. 둘 다 상당한 재산을 가진 성공회 신도만 입학할 수 있었다. 무신론자이자 민주주의자였던 벤담은 대안적인 대학 교육을 설파했다. 유니버시티 칼리지 런던은 그 뜻을 받아 영국 최초로 종교, 인종, 계급과 상관없이 모든 이를 가르치는 대학으로 문을 열었다. 이토 히로부미가 이 학교에 입학할 수 있었던 것도 그 덕분이다. 나는 매일 등하교 시 벤담 선생님께 문안 인사드리면서 공리주의를 비롯한 영국의 자유주의 전통을 학습했다.

피터 슈뢰더 교수의 토머스 홉스 수업이 시발점이었다. 사학자들은 홉스의 사회계약론을 자유주의 권리 개념의 원조라고 본다. 나는 홉스와 벤담과 밀을 거쳐 버트런드 러셀을 탐독했다. 그들은 모두 영국인 무신론자였고, 과학적 경험주의에 근거한 윤리관과 정치체계를 제시하고자 했다. 나는 천주교 집안에서 태어났지만 한 번도 신의 존재를 믿어본 적이 없다. 신학자들의 논리는 내게 전혀 설득력이 없었다. 나에게 철학 공부란 무신론자로서 나만의 종교관 내지 세계관을 구축하려는 노력이었다.

그러다 피터 싱어의『동물해방』을 만났다. 공리주의적 입장에서 동물도 고통받지 않을 권리가 있다고 주장한 책이다. 1975년 출판된 이후 동물권 운동의 원전으로 자리 잡았다. 싱어는 인종차별주의, 성차별주의와 같이 종차별주의도 타파해야 할 편견이라고 말했다. 나는 싱어의 논리를 반박하려고 발버둥 쳐보았다. 그의 주장에 동의했을 때 바꿔야 할 게 너무 많았기 때문이다. 고기와 생선과 계란과 우유를 먹을 수 없다. 동물 실험을 한 화장품과 약을 사용할 수 없고 가죽재킷과 부츠도 신을 수 없다. 불편한 것투성이였다. 그러나 아무리 생각해도 그가 옳았다. 나는 싱어가 '다윈주의 좌파'라고 부르는 이데올로기를 따르기 시작했다. 채식주의자가 되었다. 소고기, 돼지고기, 닭고기, 생선, 해산물, 유제품, 계란 순으로 끊었다. 종차별주의 철폐를 의식적인 목표로 삼자, 현대 자본주의 체제 내 여러 억압들의 교차성이 분명해졌다.

'동물해방'이라는 담론 자체가 70년대 민족해방, 여성해방, 게이해방 운동의 연장선상에서 비롯된 것이었다. 당시 반동주의자들은 "그렇게 다 해방할 거면 동물도 권리가 있느냐?"라고 비아냥거렸다. 싱어를 비롯한 옥스퍼드 석박사생들이 "곰곰이 생각해보니 그렇다!"라며 나선 것이 동물해방운동의 시작이었다. 나는 『동물해방』을 읽고 삶의 좌표를 얻었다. 일종의 종교적 안정감을 느꼈다. 무의미한 세상에서 나름의 의미를 설정하고 살아갈 용기를 얻었다. 가장 근본적이고 정치적인 원동력을 갖게 되었다.

영국 철학에 감화되어 살다 보니 런던의 풍경이 달리 보였다. 그 나라의 역사적 연속성을 동경하게 됐다. 내가 흠모하는 조지 오웰과 오스카 와일드 같은 인물들이 거닐던 거리와 공원과 펍을 나도 다닐 수 있다는 사실이 즐거웠다. 대한민국은 식민지배와 전쟁 때문에 맥이 끊겨버렸다. 서울 사대문 안의 풍경도 많이 바뀌었다. 역사는 한국이 훨씬 길지만 일상생활에서 느낄 수 있는 역사의 길이와 깊이는 영국과 비교할 수 없었다.

나의 런던살이는 뿌리에 대한 깊은 갈증을 남겼다. 나만의 문화적, 사상적 정체성을 갈구하게 되었다. 한국의 역사적 뿌리가 끊겼다면, 새롭게 상상해야 했다. 식민지배와 전쟁과 분단이 없었다면 지금 내 나라, 내 문화는 어땠을까?

역사에는 가정이 없지만, 그래서 더 흥미로운 상상이었다. 나는 영국에서 내가 동경하는 요소들을 볼 때마다 조선을 대입시켜 보는 연습을 했다. 음악, 언어, 의복, 음식, 문학, 건축 등 무궁무진했다. 뿌리 깊고 당당한 조선인을 상상하며 런던 거리를 걸었다. 아이러니하게도 '조선'이라는 나의 이데아는 영국에서 형성되었다. 이는 나중에 내가 벌이는 모든 문화예술 사업의 공통적인 테마가 되었다.

지금 내가 하는 로큰롤과 채식, 출판과 책방 문화 모두 영국이 원조나 다름없다. 나는 '양반들'이다, '소식'이다, '두루미'다, '풀무질'이다 하면서 한국의 역사를 들먹이지만 사실 뼛속까지 영국 철학에 경도된 사람이다. 다만 그 영국적인 것의 본질이 바로 문화적인 뿌리와 역사적인 연속성, 그리고 그것에 기반한 자존감이라고 생각하기 때문에, 한국적인 소재를 차용할 뿐이다. 나에게는 가장 한국적인 것이 가장 영국적인 것이다.

나는 영국을 더 알고 싶었다. 그래서 2014년 옥스퍼드 '영국 및 유럽 근대사' 석사 프로그램에 입학했다 (영국인들은 자국이 유럽의 일부라고 생각하지 않는 경향이 있다). 1년짜리였다. 미리 논문 주제와 지도교수까지 정해놓고 들어가서 논문만 쓰고 나오면 됐다.

옥스퍼드에서의 삶은 목가적이었다. 새벽에 일어나 강가에 가서 노를 저었다. 나는 민사고, 다트머스에서도 꾸준히 조정부 활동을 했었다. 그러나 조정이라는 스포츠의 발상지인 옥스퍼드에서 노를 저으니 감회가 달랐다. 국기원 가서 태권도를 하는 기분이었다 (물론 후자는 안 해봐서 정확한 비유인지 모르겠다). 집에 돌아와 샤워를 하고 아침을 먹었다. 그리고 자전거를 타고 '자피스'라는 단골 카페에 갔다. 거기서 얼른 에스프레소 한 잔을 마시고 발리올칼리지 도서관에 갔다. 점심시간까지 책에 파묻혀 시간 여행을 했다.

옥스퍼드에는 총 45개의 칼리지가 있는데, 내가 다닌 발리올은 그중 가장 오래된 곳이다. 보리스 존슨 현 총리를 비롯해 네 명의 역대 총리를 배출했지만, 내게는 그보다 올더스 헉슬리, 크리스토퍼 히친스 등의 문인과 줄리언 헉슬리, 리처드 도킨스 등의 진화론자, 크리스토퍼 힐 등의 사학자가 수학했다는 사실이 중요했다. 그들의 글을 읽을 때는 마치 같은 자리에서 대화하는 것 같았다. 300년 전, 이 도서관에서 애덤 스미스도 독서를 했을 거라고 생각하니, 18세기 철학을 연구하는 것도 먼 과거의 일을 파헤치는 게 아니라 동료와 필담을 나누는 것처럼 느껴졌다.

내 논문 주제는 토머스 페인의 종교철학이 그의 정치철학과 어떤 연관이 있는지에 관한 것이었다. 페인은 영국의 퀘이커교 집안에서 태어나 노동운동에 힘쓰다가 마흔 즈음에 식민지 필라델피아로 이주했다. 그곳에서 「상식」이라는 팸플릿을 출판해 아메리카의 독립과 민주공화국 건설을 주장했고, 이는 실제로 미국혁명의 산파 역할을 했다. 페인 이전에는 조지 워싱턴과 토머스 제퍼슨을 비롯한 아메리카의 지도자 누구도 독립을 주장하지 않았다. 미국혁명 이후 페인은 프랑스혁명에도 참여해 명예 시민권을 얻었고, 나폴레옹과 함께 모국인 영국 침공 계획까지 세웠다. 체게바라의 원형 같은 국제주의 혁명가였다. 그는 이신론자였고, 노예제 폐지론자였으며, 열렬한 민주주의자였다. 당시로서는 아주 급진적인 사상가였다. 나는 사상과 행동이 일치된 삶을 살았던 페인이라는 인물에 심취해 있었다.

프랑스혁명 이후 미국으로 돌아온 그는 사회적으로 매장당했다. 『이성의 시대』라는 책에서 기독교를 통렬히 비판했기 때문이다. '미합중국'이라는 국호를 만든 장본인인데도 불구하고 투표소 입장마저 거부당했다. 말년에 그는 술에 의지해 외롭게 살다가 죽었다. 나는 페인이 생전에 쓴 글 중 남아있는 것을 모조리 찾아 읽었다. 그의 유서를 읽을 때는 도서관에서 혼자 눈물을 훔치기도 했다. 1년 가까운 시간을 함께했던 친구가 죽는 것 같았다.

페인은 내게 자유와 해방의 관계를 고민하게 만들었다. 자유는 무한한 게 아니라, 타자의 자유를 침해하지 않을 만큼만 허용한다는 것이 자유주의의 기본 원칙이다. 그렇다면 타자의 부자유와 고통에 대해서 내게는 아무런 책임이 없을까? 페인은 영국인이었지만, 미국과 프랑스 인민의 해방을 위해 목숨 걸고 싸웠다. 백인이었지만 흑인 노예 해방을 주장했다. 여성의 권리에 대해서는 이상하리만큼 조용했지만, 페인이 본인의 자유만을 위해 살지는 않았던 것이 분명하다. 나의 자유가 소중하다면 타자의 자유도 소중하고, 그렇다면 그들의 해방도 중요하다.

특히 동물해방의 문제가 무거웠다. 여성해방운동, 게이해방운동, 장애해방운동 등 소수자 인권운동은 그래도 당사자들이 연대하여 목소리를 낼 수 있다. 하지만 비인간 동물은 그러지 못한다. 농장과 동물원과 실험실에 갇힌 동물을 보면 말하지 않아도 그들이 자유를 원한다는 사실을 알 수 있다. 모두가 해방되지 못한 세상에서 나만 자유롭다면, 그 자유란 정당한가?

『동물해방』의 저자 피터 싱어는 70년대 초반, '옥스퍼드 채식주의자들' 또는 '옥스퍼드 그룹'이라 불리는 일군의 대학원생들과 교류하면서 자신의 철학을 정립했다고 소회를 밝혔다. 호주에서 옥스퍼드에 처음 왔을 때, 싱어는 공리주의적 윤리학도였지만 동물에 관한 입장은 없었다. 그런데 그곳에서 만난 캐나다인 친구 리처드 케셴과 발리올칼리지 학내 식당에서 점심을 먹다가, 그가 고기를 안 먹는 것을 보고 채식주의에 관심이 생겼다. 이후 '종차별주의'라는 말을 만든 리처드 라이더 등과 교류하면서 채식주의를 받아들였고 자신만의 윤리체계를 건설했다.

싱어가 케셴의 채식 식단을 눈치챘던 그 학내 식당에서 나도 매일 점심에 채식 식사를 했다. 거기서 동료 대학원생들과 끊임없이 대화했다. 나만의 '옥스퍼드 그룹'을 만들어 서로의 사상을 비판하고 수용했다. 그중에는 로드 장학생들이 많았다. 당연히 자신이 세상을 구해야 한다고 믿는 친구들이었다. 책임의식과 선민의식, 학구적 열정과 돈키호테 같은 객기가 섞여 있었다.

우리의 대화는 언제나 논쟁적이고, 정치적이며, 전지구적이었다. 각자의 연구 분야에 근거해서 논거를 보태었다.

우리는 칼리지에서 열리는 포멀 디너에 자주 갔다.

'섭-퍼스크(Sub-Fusc)'라는 드레스 코드는 정장에 망또를 걸쳐야 했다. 나는 구두가 완전히 검은색이 아니라서 입장을 거부당한 적도 있다. 식사 전에는 모두 일어나 라틴어로 기도문을 외워야 한다. 민사고 애국조회와 명심보감 쓰기가 생각났다. 저녁식사가 끝나면 인접한 펍으로 자리를 옮겼다. 세인트존스칼리지 앞에 있는 '램브 앤 플래그'에 주로 갔고, 『나니아 연대기』의 저자 C.S. 루이스와 『반지의 제왕』의 저자 J.R.R. 톨킨이 드나들던 '이글 앤 차일드'도 가끔 갔다. 미지근한 에일을 곁들여 목청을 높이다 보면 어느새 열한 시가 되어 펍은 문을 닫았고 우리는 내일을 기약하며 각자의 기숙사로 향했다. 다음 날 오후까지 도서관에서 책을 읽다가 저녁식사 때 만나면 전날의 논쟁을 이어가는 식이었다.

논문을 제출하고 한국에 돌아왔을 때, 나는 꿈에서 깨어난 기분이었다. 아무도 토머스 페인을 신경 쓰지 않았다. 미국혁명과 프랑스혁명, 동물해방 등 옥스퍼드에서 나에게 너무나도 중요했던 가치들이 얼마나 현실과 괴리됐는지 통감했다. 토머스 페인의 이신론이 그의 민주공화적 철학의 근간이 되었다는 사실이 나의 삶과 무슨 상관이 있는가? 허무했다. 그때 나는 '구운몽'이라는 노래를 썼다.

> 아니야 나는 철학자도 선비도
> 아니야 나는 혁명가도 영웅도
> 아니야 그저 나란 사람은 말야

기타 하나 뽑아 들고 그대 맘을
훔치러 나선 사내일 뿐이야

2016년 11월 12일. 광화문 촛불집회에 처음으로 100만 명이 모였다. 4인조 록밴드 '전범선과 양반들'은 저녁 즈음 무대에 올랐다. 시청 앞 광장까지 가득 찬 인파가 보였다. 떨릴 줄 알았는데, 오히려 사람이 너무 많다 보니 실감이 나지 않았다. 개개인의 얼굴보다는 추상적인 '대중', '민중'이라는 개념으로 다가왔다. 나는 "청와대에 계신 나라님이 귀가 잘 안 들리는 것 같으니 크게 한번 소리쳐보자"고 했다. <아래로부터의 혁명>을 가장 먼저 연주했다.

언제까지 그렇게 누워만 있을 건가
번데기처럼 가만히
안 된다고 그렇게 말로만 하지 말고
아래로부터 찬찬히
자 한번 엎어보자
어마어마 무시무시하게 대단한 음모가
있는 건가
엄청난 것이 왔구나
피가 거꾸로 솟고 천지가 열리고
돌고 돌고
다시 한번 엎어보자
드디어 올 것이 왔다

우주의 모든 기운이 그대와 나만을 둘러싼다
무서울 것이 없구나
딱 한 번만 더 엎어보자

옥스퍼드의 기숙사 방에서 이 노랫말을 썼을 때, 나는 아무런 정치적 의도가 없었다. 2015년 초였으니 국정농단 사태에 대해 알 도리가 없었다. 다만 "우주의 기운"이라는 표현은 당시 박근혜 대통령이 방송에서 쓰는 것을 듣고 하도 기이해서 적어둔 기억이 난다. 미국 대통령들이 "갓 블레스 아메리카(God Bless America)" 하는 거랑 비슷할 수도 있지만, 일국의 대통령이 공식 석상에서 쓰기에는 지나치게 비과학적인 말이었다. "우주의 기운"에 덧붙여, 내가 논문을 쓰면서 익숙해진 혁명적 비유들을 개인적인 연애사에 대입하니 <아래로부터의 혁명>이 만들어졌다. 정권을 엎어보자는 취지로 쓴 곡은 아니었다.

그런데 나의 텍스트는 2016년 11월 12일이라는 콘텍스트로 인해 또다른 의미를 갖게 되었다. 민중총궐기에서 내가 부른 <아래로부터의 혁명>은 철저히 정치적이었다. 나는 100만 민중을 선동하는 구호를 외치고 있었다. "우주의 모든 기운"이라는 표현이 나름 시적이라고 생각해서 가져왔지만, 알고 보니 박근혜 씨에게는 전혀 그렇지 않았다. 그러한 기운이 실존한다고 믿을 만큼 미신적인 사람이었다. 박근혜 정권 뒤에는 실제로 "어마어마 무시무시하게 대단한 음모"가 있었다. 비유적으로 쓴 말들이 직설적으로 바꿔는 순간, 그것은 풍자적인 효과를 상실한다. 실질적인 비판이 된다. 혁명에 빗대어 만든 사랑 노래가 실제 혁명적인 정치 상황을 만나 프로파간다가 되었다. 나의 텍스트지만 내 손을 떠난 이상 나의 것이 아니었다.

처음에는 내 음악이 정치적으로 해석되는 게 싫었다. 한 진보정당에서 전당대회 때 <아래로부터의 혁명>을 연주해달라는 섭외가 들어왔을 때, 정중히 거절했다. 하지만 촛불혁명이 시작되는 것을 보고 나는 마음을 바꿨다. 거의 예지적일 만큼 시의적절한 가사를 듣고 사람들은 열광했다. 전봉준을 오마주한 「혁명가」 앨범 표지에는 나의 비장한 눈빛이 담겨 있었다. 그 눈빛을 장착하고 한복 두루마기에 상투를 틀고, 무대에 올라 "자 한번 엎어보자!"고 외친 후 혁명의 북을 마구 두드렸다. 진보 진영에는 촛불혁명이 동학혁명을 계승한다고 믿는 사람들이 많았다. 내가 전봉준을 흉내 낸 것을 보고 혹시 후손이냐고 물었다. 내 성은 '온전 전(全)', 전봉준은 '밭 전(田)'이니 그럴 리가 없지만, 어느 정도 의도한 혼선이었다. 혁명을 주제로 한 콘셉트 음반을 기획하면서 나는 당연히 전봉준을 참조했고, 압송되어가는 그의 마지막 사진에서 일종의 로큰롤 스피릿을 보았다. 그래서 카메라 앞에서 그의 눈빛을 떠올리며 최대한 근엄한 표정을 지어보였다.

「혁명가」 표지에 담긴 초상은 당시 나의 일상적인 모

습이었다. 영국에 있을 때 현지에서 유행했던 '맨번 (Man Bun, 옆머리를 밀고 윗머리를 묶는 머리 모양)' 을 했고, 한복은 원래 즐겨 입었다. 고등학생 시절 교복이 한복이었던 터라 거부감이 없었다. 특히 두루마기를 코트처럼 걸쳐 입는 것을 좋아했다. 거기에 약간의 콘셉트를 더해 '전봉준의 후손을 방불케 하는 혁명가 양반'의 페르소나를 만들었다. 그런 허구적 과장이 촛불혁명을 만나 역사의 한 장면에 편입된 것이다.

60년대 미국의 반전시위 문화가 로큰롤과 함께했다면, 80년대 한국의 반독재시위 문화는 민중가요와 함께했다. 촛불집회도 그 연장 선상에 있었다. 전인권은 광화문 무대에 올라 "우리나라 최고의 어른"이라며 백기완을 소개했다. 나는 그날도 흰 두루마기를 걸치고 광화문에 나갔다. 무대 뒤에서 한복을 입고 있는 사람은 나와 백기완 씨뿐이었다(도올은 중국옷을 입고 있었다). 선생은 희미한 미소를 보내주셨다.

약 15분간의 연주는 내 인생에서 가장 재미있는 한바탕이었다. 석사 논문에서 다뤘던 미국혁명, 프랑스혁명의 장면들이 이런 느낌이었겠구나. 내가 앞으로 100만 명 앞에서 공연할 날이 또 올까. 집회 측 추산이었지만 정말 인산인해였다. 끝이 보이지 않았다. 냉전이 끝나고 메탈리카가 모스크바에서 공연을 할 때 80만이 모였다고 했다. 나중에 남북통일이 되고 내가 평양에서 공연을 하지 않는 이상 이런 역사적 기회가 또 생길 것 같지 않았다. 물론 광화문 앞에 모인 사람들이 나를 보러온 것은 아니었지만, 그만한 관중 앞에 서는 것은 매우 흥분되는 경험이었다.

그날 이후 나는 예술가로 살기로 결심했다. 그것은 내게 직업적인 의미도 있었지만, 해외에 나가지 않고 이 땅에 머물겠다는 결의가 더 컸다. 병역 문제 때문에 나는 여전히 고민 중이었다. '탈조선'을 해야 하나 말아야 하나. 친구들 중에는 해외 유학 후 눌러앉는 이들이 많았다. 나는 그들의 결정을 존중했고, 외국에서 누릴 기회가 많다는 것도 알았다. 하지만 '탈조선'이 일종의 도피라는 생각을 지울 수 없었다. 나는 평화주의적 입장에서 양심적 병역거부를 고려한 적도 있었다. 그러나 여호와의 증인이거나 전업 활동가가 아니면 현실적 제약이 너무 컸다(물론 그들에게도 양심적 병역거부는 징역을 수반하는 지난한 일이었다). 나는 나중에 법무장교나 교수사관으로 가리라 생각하면서 막연히 미루고 있었다. 그런데 예술가로 살겠다고 하면, 이야기가 달랐다. 얼른 군대부터 해결해야 했다. 운 좋게도 9대 1의 경쟁률을 뚫고 카투사로 뽑혀서 입대 날짜를 받아놨다.

본격적으로 음악을 하려면 소속사가 필요했다. 닥터 심슨컴퍼니 최찬영 대표는 고등학교 선배다. 민사고 출신 중 유일하게 대중음악계에 종사하는 사람이다. 나는 「혁명가」 유통을 준비할 때 도움을 구하고자 그의 합정동 지하 사무실을 찾았다. 소주 한잔 걸치고 그는 흔쾌히 승낙했다. 정해진 진로를 버리고 음악을 한다고 했을 때 주변의 반응이 어떨지 뻔히 아는 양반이었다. 나에게 재차 물었다. 정말 음악을 업으로 삼고 싶냐고. 녹록지 않은 길이니 다시 한번 생각해보라고. 원래 하지 말라면 더 하고 싶은 법이다. 닥터심슨컴퍼니는「혁명가」활동 때는 유통만 담당했으나, 이후 매니지먼트 전속 계약을 제안했다. 나는 계약서를 쓰고 군대를 다녀오기로 했다.

'양반들'은 생각이 달랐다. 원년 멤버들 대부분이 민사고 동문이었다. 드러머 전상용은 1집「사랑가」이후 탈퇴해 변호사가 됐다. 지금은 유명 로펌에서 근무하고 있다. 베이시스트 장원혁은 2집「혁명가」이후 탈퇴해 수제맥주 양조사의 길을 갔다. 기타리스트 최현규는 미국 로스쿨을 준비하겠다며 소속사 계약을 거절했다. 3집「방랑가」녹음 중에 탈퇴했다. 2집 때 합류했던 드러머 김보종 역시 진로 문제로 떠났다.

나는 완전히 새로운 양반들을 모집했다. 일단 이상규가 기타리스트로 합류했다. 그는 나의 초중 동창이자, 엄마 친구 아들이다. 로큰롤 밴드는 보컬과 기타가 중심일 수밖에 없는데, 죽마고우가 함께해줘서 천군만마를 얻은 기분이었다. 나랑 기질도 취향도 많이 다르지만, 끈끈한 우정과 음악에 대한 열정으로 서로 의지하고 있다.

이어서 키보디스트 이지훈이 합류했다.「방랑가」타

이틀곡인 <뱅뱅사거리> 녹음을 위해 섭외한 전문 연주자였다. 이지훈은 양반들에 정식 가입하면서 자신의 고등학교 동기인 베이시스트 박천욱과 드러머 최석호를 데려왔다. 그리하여 5인조 라인업이 완성되었다. 나는 비로소 밴드명에서 내 이름을 뺐다. '전범선과 양반들'은 '양반들'이 되었다. 1인 중심 체제보다는 밴드답게, 티격태격하면서, 오래 음악을 만들고 싶었다.

그 뜻을 안고 2016년 12월 19일, 논산 육군훈련소에 들어갔다. 부모님께 작별 인사를 하면서 나는 그해를 되돌아봤다. 여러모로 혁명적이었다. 대한민국에는 촛불혁명이 있었고, 나의 인생에도 일대 혁명이 있었다. 예술가로서의 자유를 한껏 만끽했다. 어릴 적 꿈이었던 '펜타포트 락 페스티벌' 무대에 섰고, 단독 공연을 개최했으며, 광화문 연주 실황이 전국에 생중계되었다. 짜릿했다. 주어진 문제를 잘 풀어서, 좋은 학교에 입학해서 칭찬받는 것과는 차원이 다른 성취감이었다.

세상에 없었던 나만의 무언가를 만들고, 그것을 통해 남들과 교류하며, 잠재된 가능성이었던 나의 본질을 구현한다. '자아실현'을 이해했다.

전범선과 양반들은 2017년 제14회 한국대중음악상 3개 부문 후보로 선정되었다. '올해의 노래', '올해의 록 노래', '올해의 록 음반'. 그중 '올해의 록 노래'

를 수상했다. 나는 군인이라 시상식에는 참여하지 못했지만 부대 안에서 쾌재를 불렀다. 한국에서 록 음악가로 살겠다는 나의 결심에 대한 사회적 지지로 여겼다.

내가 글을 쓰고 노래하는 이유는 단순하다. 나는 자유롭고 싶다. 자유란 무엇인가?

자유에는 두 가지 종류가 있다. 소극적 자유와 적극적 자유. 전자는 '~로부터의 자유'다. 나를 옭아매는 것들로부터 자유로울 때 소극적 자유가 성립한다. 후자는 '~할 자유'다. 내가 하고 싶은 것들을 할 때 적극적 자유가 성립한다.

자유의 두 가지 개념을 확립한 것은 이사야 벌린이다. 나치 독일을 피해 영국으로 망명한 유대인 벌린은 저명한 자유주의 사상가였다. 20세기 후반 옥스퍼드의 터줏대감 노릇을 했다. 그는 다원주의를 신봉했고, 파시즘과 공산주의 등 전체주의로 흐를 수 있는 모든 일원주의를 경계했다. 리투아니아 출신이지만 홉스, 로크, 벤담, 밀 등으로 이어지는 영국의 고전적 자유주의를 충실히 계승하여 1957년 기사 작위까지 받았다.

이듬해 옥스퍼드 취임 강연 제목이 바로 '자유의 두 가지 개념'이었다. 벌린은 소극적 자유와 적극적 자유 모두 필요하지만, 둘은 서로 충돌할 수 있다고 했다. 특히 권력자가 '적극적 자유'의 이름으로 자행하는 역설적인 억압을 경고했다. 홀로코스트란 나치의 적극적 자유가 유대인의 소극적 자유를 침범한 것이었다. 벌린은 둘 중 소극적 자유를 우선시했다. 있는 그대로 존재할 자유가 무언가를 할 자유보다 더 중요하다는 입장이었다.

자유주의 전통에서 자유란 '방해의 부재'다. 토머스 홉스는 1651년 『리바이어던』에서 자유를 간단명료하게 정의했다. "자유란 의지에 따른 움직임에 대한 신체적 방해의 부재다." 나의 행동을 국가나 사회가 물리적으로 막지 않으면 자유롭다는 뜻이다. 상당히 좁은 의미의 자유다. 당시 잉글랜드 내전으로 무정부 상태를 겪던 홉스는 무엇보다 질서를 원했다. 그는 절대주의 왕정을 지지하는 왕당파 이론가였다. 『리바이어던』의 핵심은 성경 속 괴물 '리바이어던'처럼 공포를 자아내는 절대적 국가권력이 필요하다는 것이다. 홉스에게 자유란 신체적 자유일 뿐이었다. 의지의 자유는 무의미했다.

예를 들어 산에서 도적을 만났다. 총을 들이대고 "죽기 싫으면 돈 내놔" 한다. 나는 어쩔 수 없이 돈을 준다. 홉스에 따르면 이 상황에서 난 자유롭다. 돈 주기 싫으면 죽으면 되는 것 아닌가? 살겠다는 의지에 따라 움직였고, 그 움직임에 대한 방해가 없었으니 자유롭다는 논리다. 게다가 그 의지가 아주 강력했을 터이니, 그냥 자유로운 게 아니라 아주 자유롭다고 볼 수도 있다.

자유를 '신체적 방해의 부재'로만 한정 지으면 이런 역설이 생긴다. 그래서 홉스 이후 자유주의자들의 관심은 의지의 자유였다. 몸이 아무리 자유로워도 그 몸을 움직이는 의지가 외부의 방해를 받는다면 자유롭다고 할 수 없다. 사상의 자유, 표현의 자유, 종교의 자유, 결사의 자유 등은 모두 개인의 의지 형성에 대한 국가 및 사회의 방해를 막기 위한 장치들이다. 1688년 명예혁명, 1775년 미국혁명, 1789년 프랑스 혁명을 통해 인류가 쟁취한 자유다. 근대 자유주의자들의 지상과제는 개인의 선택에 대한 온갖 방해물을 제거해 기회의 폭을 넓히는 일이었다. 홉스의 자유처럼 죽기 싫어서 내리는 결정이 아니라, 매력적이고 현실적인 기회들 사이에서 합리적으로 선택하는 것. 이러한 선택들의 연속으로 개인의 일생을 풍요롭게 하는 것이 자유주의적 이상이었다.

이사야 벌린은 그래서 자유란 곧 기회라고 정의했다. 집에 틀어박혀서 아무것도 안 한다 해도, 무언가를 할 수 있는 기회만 주어져 있다면 나는 자유롭다는 것이다. 품사로 따지면 벌린의 자유는 명사에 가깝다. '자유'라는 단어의 품사가 명사라는 당연한 말이 아니다. 벌린이 상정하는 '자유로운 상태'가 어떠한 행동을 수반하는 동사도 아니고, 그 행동 양식을 나타내는 부사도 아니며, 어떠한 성질이나 특성을 나타내는 형용사는 더욱 아니라는 뜻이다. 내 앞에 있

1부 루루부루 마니아 : 나의 빠리 유학 청춘기

는 여러 개의 문들. 그것을 각각 열어서 통과하든 통과하지 않든, 그 문들의 존재 자체가 자유로운 상태를 뜻한다. '~로부터의 자유', 다시 말해 소극적 자유를 중시하는 만큼 벌린의 자유는 수동적이다.

벌린을 생각하면 나의 석사 지도교수 브라이언 영 선생이 떠오른다. 내가 논문을 쓰던 2015년에도 옥스퍼드 사학과에는 벌린의 영향력이 짙었다. 케임브리지 사학과에는 쿠엔틴 스키너 교수를 위시한 '케임브리지 학파'가 따로 있었다. 지성사를 연구하는 데 있어 텍스트뿐만 아니라 콘텍스트를 중시하는 사류였다. '옥스퍼드 학파'는 없었지만 사실상 벌린의 추종자들이 대부분이었다. 영 교수도 그랬다. 벌린의 다원주의를 신봉했고 관용을 설파했다. 더 중요하게는 자유주의 자체가 다분히 영국적인 어떠한 태도라고 믿었다.

영 교수의 방에 들어갈 때마다 들리던 성공회 풍의 오르간 성가를 기억한다. 그는 신앙이 깊은 사람도 아니었고 민족주의자도 아니었지만, 영국의 문화적 보수성에 대한 자부심이 컸다. 1000년 된 학교의 교수에게 어울리는 뿌리 깊은 자존감이 있었고, 거기에서 우러나오는 관대함이 있었다. 토머스 페인과 미국 혁명을 연구하는 혈기방장한 한국인 제자를 영 교수는 언제나 평온히 맞았다. 스승에게 자유란 밖에 나가 세상을 바꾸는 행위가 아니었다. 자신의 피부 아래 편안히 지내는 것이었다.

벌린은 "이집트 농민의 자유와 옥스퍼드 교수의 자유는 다를 수밖에 없다"고 했다. 1997년 사망한 벌린을 직접 만나보진 못했지만 책과 영상으로 접한 그는 영 교수와 크게 다르지 않았다. 소극적 자유를 원한다는 것은 자신의 정체성을 인정하고, 사랑하고, 지키고 싶다는 방증이다. 기본적으로 변화보다 유지를 추구하는 보수적 본능이다.

그러나 대다수 사람은 옥스퍼드 교수처럼 현실이 안락하지 않다. 현재 모습에 안주하기보다 새로운 것을 갈망한다. 가만히 있을 자유도 중요하지만 하고 싶은 걸 할 자유가 더 중요하다. 자아실현, 세계평화, 연애, 성공 등 꿈을 좇을 자유가 절실하다. 한마디로 '~할 자유', 적극적 자유가 필요하다.

사실 자유의 두 가지 개념을 처음 주창한 것은 벌린이 아니다. 1941년 『자유로부터의 도피』를 출간한 에리히 프롬이다. 벌린과 마찬가지로 나치 독일을 피해 망명한 유대인 프롬은 영국이 아닌 미국으로 갔다. 거기서도 프랑크푸르트학파의 일원으로서 마르크스와 프로이트를 통합, 계승하는 작업에 몰두했다. 벌린이 영국 자유주의 전통에서 자유를 논했다면, 프롬은 대륙 사회주의 전통에서 자유를 다뤘다. 벌린이 소극적 자유를 선호했다면, 프롬은 적극적 자유를 중시했다.

벌린과 프롬의 차이를 보면 자유주의와 사회주의의 차이, 비약해서 영국 철학과 대륙 철학의 차이가 드러난다. 전자는 다원주의자다. 우주에 단일한 형이상학적 이상이 있다고 믿지 않는다. 경험주의적이고 회의주의적이다. 인간의 목적은 서로 모순적이라 충돌할 수밖에 없다. 따라서 관용이 필수다. '다름'을 '틀림'이라 하지 않고 내버려두어야 한다. 그래야 서로 죽이지 않고 공존할 수 있다. 이것이 벌린이 수호하는 소극적 자유의 본질이다.

반대로 후자는 일원주의자다. 모르긴 몰라도 우주에는 단일한 형이상학적 이상이 존재한다. 절대적인 옳음이 있다. 그리고 인간의 목적은 그 옳음에 다가가는 데 있다. 헤겔이 그리 말했고, 마르크스와 그의 신봉자들이 따랐다. 진정한 자유는 역사의 진보를 통한 절대정신의 발현이든(헤겔), 프롤레타리아 독재의 건설이든(마르크스), 자아실현이든(프롬), 어떤 합목적적인 행동을 통해서만 쟁취할 수 있다. 이것이 프롬이 권장하는 적극적 자유의 핵심이다.

그러므로 프롬의 자유는 벌린의 자유보다 기준치가 높다. 내 앞에 문이 몇 개 있는지가 중요한 게 아니다. 어떤 문을 열고 어디로 얼마나 나아가는지가 중요하다. 히키코모리처럼 집에서 아무것도 안 하는 사람을 자유롭다고 일컫는 것은 어폐가 있다. 자유란 밖에 나가 뭔가를 해내는 데에 있다. '~할 자유', 적극적 자유를 중시하는 만큼 프롬의 자유는 능동적이다.

물론 지나친 일반화는 금물이다. 예를 들어 프롬은 헤겔이나 마르크스처럼 집단주의적이지 않았다. 헤겔은 민족국가, 마르크스는 노동계급 구성원으로서의 자유야말로 필연적이고 궁극적인 자유라고 주장했다. 반면 프롬은 미국의 일반 독자들을 대상으로 저술했던 만큼 개인주의적이고 실용주의적이었다. 그에게 적극적 자유의 목적은 자아실현이었다. "자아실현이란 (…) 개인의 감정적, 지적 잠재력을 능동적으로 표현함으로써 완전한 인격체에 도달하는 것이다. 이런 잠재력은 모두에게 있다. 다만 그것들은 표현되는 만큼만 실체를 갖는다. 다시 말해, 적극적 자유는 완전하고 통합된 인격체의 자연발생적인 행위들로 이뤄진다."

프롬에게 자유란 동사였다. 자발적인 행동이었다. 사랑, 예술적 창조 등이 대표적이었다. "우리는 자발적인 개인들에 대해 알고 있다. (…) 이러한 개인들은 대부분 예술가로 알려져 있다. 사실, 예술가란 자아를 자발적으로 표현할 수 있는 개인으로 정의할 수 있다. 만약 이것이 예술가의 정의라면 (…) 몇몇 철학자들과 과학자들도 예술가로 불려야 할 것이다." 프롬이 강조하는 자발성이란 노장사상의 '무위' 개념과 비슷하다. 순진무구한 아이처럼 자신의 자연스럽고도 독창적인 성질을 발현하는 것이다. "그러나 예술가의 위치는 공격받기 쉽다. 성공한 예술가만 그의 독창성 또는 자발성이 존경받기 때문이다. 예술을 판

매하는 데 성공하지 못하면, 동시대 사람들에게 그저 괴짜, '신경증 환자'로 남는다. 이 점에서 예술가는 역사를 통틀어 혁명가와 비슷한 위치에 있다. 성공한 혁명가는 정치가고, 실패한 자는 범죄자다." 결국 성공한 예술가, 혁명가로 사는 것이 자유로우면서도 존경받는 법이다.

나는 프롬의 자유론을 읽으면서 내가 좋아하는 로큰롤 음악가들을 생각한다. 짐 모리슨과 존 레논과 신해철의 자유는 옥스퍼드 교수의 자유와는 사뭇 달랐다. 뜨거운 사랑과 광적인 창작으로 누리는 자유. 파괴적이면서도 나를 완전하게 만드는 행위들. 잘 팔리지 않거나 권력을 얻지 못하면 미친놈 취급당하고 잊혀지겠지만, 성공한다면 예술적, 혁명적이라고 칭송받을 삶. 그것이 프롬이 말하는 적극적 자유의 표상이었다.

정리하면, 벌린과 프롬 모두 자유를 소극적 자유와 적극적 자유로 나누었다. 자유주의자 벌린은 소극적 자유를 중시했고, 그것은 곧 기회의 다양성이기 때문에 명사에 가깝다. 사회주의자 프롬은 적극적 자유를 중시했고, 그것은 곧 자발적 행동이기 때문에 동사에 가깝다.

그렇다면 나에게 자유란 무엇일까?

'전범선과 양반들' 3집 「방랑가」의 타이틀곡 <뱅뱅사

거리>는 이렇게 시작한다.

> 조선 땅에 태어나 쌍놈이긴 싫어
> 벼슬길을 따라 공자왈 맹자왈 하다
> 과거급제했건만 막상 뜻이 없어
> 말죽거리 따라 휘뚜루마뚜루 마냥 걷고 있다

'휘뚜루마뚜루: [부사] 이것저것 가리지 아니하고 닥치는 대로 마구 해치우는 모양.'

누군가 꿈은 명사가 아니라 동사라고 했다. 그렇다면 꿈을 수식하는 것은 형용사가 아닌 부사여야 한다. 나는 '휘뚜루마뚜루' 꿈꾸고 있다. 무엇을 하느냐보다 어떻게 하느냐가 더 중요하다. 벌린의 자유는 명사였고 프롬의 자유는 동사였다. 나의 자유는 부사다. 나에게 자유란 얻고 싶은 어떠한 대상도 아니고, 하고 싶은 특정 행동도 아니다. 그런 목적들은 순간순간의 욕망에 따라 바뀌기 십상이다. 나는 그저 '자유롭고' 싶다. 아니, 더 정확히는 '자유로이' 살고 싶다. 내가 자유로울 수 있는 유일한 방법은 하루하루 내 삶의 퍼포먼스를 자유롭게 표현하는 것뿐이다. 휘뚜루마뚜루 자연발생적인 행위를 이어갈 때 나는 내 본연의 모습에 다가감을 느낀다.

결국 라이프스타일의 문제다. 내 속에는 ① 옥스퍼드 양반들처럼 고상하고 흔들림 없는 초식형 인텔리의 삶을 추구하는 마음과 ② 황홀과 절망의 연속인 로큰롤 라이프를 쫓는 욕망이 병존한다. 소극적 자유와 적극적 자유를 둘 다 누리고 싶다. 어쩌면 그 모순 사이에서 갈팡질팡하는 꼴이 휘뚜루마뚜루 일지도 모른다.

성균관 두루미 :: 나의 자리를 찾아서

2부

강남에서 영어학원 강사를 한 적이 있다. 동료 강사 중에 캐나다에서 온 앤드루 길모어라는 친구가 있었다. 어느 날 그 친구가 쉬는 시간에 강사 휴게실에 와서는 말했다.

"애들 이름을 물어봤는데 도대체 하나도 못 알아듣겠어서 간단하고 좋은 영어 이름을 하나씩 지어줬어. 한 명은 우리 아빠 이름 줬다."

그렇게 해서 그 반 아이들은 빌, 폴, 샘, 앤드루, 데이비드가 되었다.

어릴 적 영어학원에 다닐 때가 생각났다. 초등학교 6학년 때인가, 미국에서 막 건너온 젊은 백인 남자에게 회화 수업을 들었다. 그 선생도 첫 수업에 출석을 부르다가 대뜸 "너네 영어 이름은 없느냐"고 물었다. 신기하게도 이미 급우들 대부분 영어 이름이 있었다. 스스로 영어 이름을 짓지 않으면 선생님이 마음대로 지어준다는 엄포에 나는 '제이컵'으로 하겠다고 했다.

1. 제이컵 전(Jacob Jun)

처음 보는 사람이 자기 부르기 편하려고 내 이름을
정하는 게 기분 나빴다. 그렇다고 아무 이름이나 고
르긴 싫었다. 내가 나를 다니엘이나 조지라고 부른
다면 바다 건너에 사는 진짜 다니엘과 조지들이 나를
비웃을 것만 같았다. 그래서 고른 게 제이컵이다. 내
세례명이 야고보였는데 그걸 영어로 하면 제이컵이
라고 했다. 그나마 가장 근거가 있는 영어 이름이라
고 자위했다.

하지만 곧 우려했던 일이 발생했다. 6학년을 마친 겨
울, 세 달간 미국 버지니아의 학교에 다닌 적이 있다.
매우 작은 학교였는데 한 반에 학생이 아홉 명뿐이었
다. 그런데 그중에 진짜 제이컵이 있는 게 아닌가! 심
지어 덩치도 나의 두 배는 되는 제이컵이었다. 담임
선생님이 "네 이름은 뭐니?"라고 물었을 때 나는 궁
지에 몰렸다. '범선(Bum Sun)'이라 그러면 애들이
'Bum(부랑자, 엉덩이)'이라고 놀릴 거라며 엄마가
걱정했었다. 결국, 기어들어가는 목소리로 대답했다.
"제이컵이요…."

2. 제이제이(J. J.)

아홉 명짜리 반에 느닷없이 제이컵이 둘이나 생기
니 선생님도 난감했다. 방법은 하나였다. 내가 이름

을 바꾸는 것. 굴러온 돌이 박힌 돌을 뺄 수 있나. 선생님이 고심 끝에 생각해낸 것이 제이컵 전(Jacob Jun)의 앞 글자들을 따서 제이제이(J. J.)라고 부르는 것이었다. 나도 별 저항 없이 받아들였고, 그리하여 나는 제이제이가 되었다.

한국에 돌아와서는 당연히 제이제이라고 할 필요가 없었다. 제이컵이라는 이름도 차차 안 쓰게 되었다. 나중에 알았지만 야곱이 영어로 제이컵이고 야고보는 제임스란다. 더 이상 성당도 안 다녀서 야고보라는 이름에 대한 애착도 없어졌다. 내가 왜 수천 년 전에 죽은 중동의 어느 인간의 이름을 달고 다녀야 하나. 고등학교에 갈 때 즈음부터는 딱히 영어 이름 없이 범선전(Bum Sun Jun)이라고 썼다.

3. 범선전(Bum Sun Jun)

막상 미국 대학에 진학하니 다시 고민이 생겼다. 내 이름을 사람들이 기억하지 못하면 내 손해 아닌가? 자기들 마음대로 '밤쓴', '붐쑨', '버엄써언' 부를 게 뻔한데 창피해서 어쩌지? 그리고 누가 내 이름 갖고 놀리면 어떡해.

예비교육 기간에 자기소개를 3000번은 한 것 같은데, "하이, 아임 범선"이라고 얘기하면 알아듣는 애들이 삼분의 일, "뭐라고?" 하는 애들이 삼분의 일,

아예 기억하려고 시도도 하지 않는 애들이 삼분의 일이었다. 처음에는 사회생활에서 소외될지도 모른다는 불안감에 궁여지책을 시도했다. 범선전의 약자인 비제이(B. J.)라고 소개한 것이다! 그러니 다들 기억은 했다. 이 달달하고 끈적한 이름을 누가 잊어버리겠나. 어차피 한국어 이름도 약자는 'ㅂㅅ'이거나 'ㅈㅂㅅ'인지라 구강성교(Blow Job)라는 의미가 특별히 부담스럽진 않았다. 다만 애들이 나를 너무 자주 불러주는 게 부담스러워 이내 '범선전'으로 소개하기 시작했다.

4. 전범선(Jun Bum Sun)

그런데 나는 범선전이 아니라 전범선인데? 빌 게이츠가 한국에 온다고 게이츠 빌이 되진 않는다. 대한민국 초대 대통령은 자신을 '승만리(Shyng-man Rhee)'라고 불렀지만 전 유엔사무총장은 '반기문(Ban Ki-moon)'이라고 쓴다. 전 세계 인구의 삼분의 일 이상이 성을 앞에 쓰는데 서양인들도 이제 그 사실을 조금씩 알아가야 할 것 아닌가. 2학년 때부터 학교 과제에 이름을 '전범선(Jun Bum Sun)'으로 적어내기 시작했다. 교수도 처음엔 헷갈려서 '미스터 썬'을 찾았지만, 내가 설명하니 금방 이해했다.

10년의 진화과정을 거쳐 전범선이 다시 전범선이 되었다. 생각하면 참 당연한 건데 나에겐 그렇게 느껴

지지 않았다. 영어 이름이 있어야 하는 것 같았고 그게 한국어 이름보다 더 멋져 보였다. 내 이름은 내 정체성을 대변해야 하거늘 항상 타인에게, 그것도 미국인에게 불리기 편한 이름을 가져야 한다는 강박관념에 눌려 살았다.

1940년 나의 할아버지는 '전만영'이라는 이름을 버리고 '야나가와'가 되어야 했다. 1863년 이전까지 미국 남부의 흑인 노예들은 백인 주인이 마구 지어준 이름으로 살았다. 그런데 21세기 대한민국에서 아직도 비슷한 일들이 이어지고 있다. 전국의 영어학원에서 매일같이 범선이가 사라지고 제이컵이 생겨난다. 스타벅스와 TGI 프라이데이에서는 평생 한국에서 태어나 자라온 청년이 '에이미'라는 명찰을 달고 일한다. 우리는 정말 그만큼 영어 이름이 갖고 싶은가?

우리 모두 영어 이름을 버리고 한글 이름을 갖자는 게 아니다. '전범선'도 한자 이름이다. 따지고 보면 이것도 부모님이 정해준 것이지 내가 좋아서 고른 건 아니다. 이름은 개명을 하지 않는 한 언제나 주어지는 것이다.

내가 하고 싶은 말은 우리가 생각하는 만큼 영어 이름이 꼭 필요하거나 멋지지는 않다는 것이다. 한국어 이름을 써도 외국인과 교류하는 데 문제없다. 내가 제이컵이 아니라 범선이어서 사귈 친구를 못 사귀지 않았다. 'Bum'이라고 놀리는 유치한 애도 없었다.

'BS'라고 애칭 삼아 부르는 친구는 있었지만. 입장을 바꿔 생각해보자. 예를 들어 우리나라에 유학생들이 잔뜩 오는데 다들 이름이 철수나 영희라면 어떨까(놀랍게도 내 주변에 이름이 앤드루인 한국인은 열 명이 넘는데 철수는 하나도 없다). 그리고 나는 전범선이 제이컵이나 제이제이보다 더 아름답다고 생각한다. 이건 분명 주관적이다. 에이미보다도 혜미가 더 예쁘다.

세계화가 '미국'화가 아닌 '다문화'화였으면 좋겠다. 한글날이 그래서 나에겐 소중하다. 1886년 조선에 온 호머 헐버트는 '헐벗'이라는 한국어 이름을 지었다. 베른하르트 크반트는 한국으로 귀화해 2001년 이참이라는 이름으로 독일 이씨의 시조가 되었다. 마찬가지로 미국에 이민하는 한국인들이 영어 이름을 쓰는 것은 당연하다. 반면 잠깐 한국에 와서 체류하는 내 친구 앤드루 길모어가 한국어 이름을 굳이 가질 필요는 없다. 그런데 왜 나는 스스로 한국인 전범선이라 자부하면서도, 영어 이름을 가져야 했는가? 한글 567돌을 맞아 묻고 싶었다.

나는 춘천에서 나고 자란 음악가다. 봄 '춘', 내 '천'. 이름부터 아름답다. 하지만 '낭만의 도시' 춘천에서 음악하기란 쉽지 않았다. 춘천은 내게 풍부한 영감을 주었지만 내 음악적 꿈을 펼치기엔 척박했다. 춘천의 음악가는 춘천에 머무를 수 없었다. 스무 살이 되는 해 서울로 갔다. 춘천에서 록 음악을 한다는 것은 상상도 해보지 않았다. 홍대 클럽 몇 군데서 오디션을 봤다. 밴드 '이스턴 사이드킥'에서 기타를 쳤다.

> 먹고 사는 건 그렇다 쳐도
> 마음 가둘 곳 하나 없는 건
> 좀 그렇다

이스턴 사이드킥의 노래 〈서울〉 가사다. 전라도 광주에서 올라온 형이 쓴 것이지만 홍대 앞 예술가 대부분이 공감할 것이다. 나도 처음엔 서울이 낯설고 어렵고 '좀 그랬다'. 막국수가 먹고 싶었다.

한국에서 음악을 하려면 왜 서울에 가야만 할까? 여기서 수도 집중 현상을 개탄하고 지역 균형 발전이나 지방분권을 주창할 수도 있겠다. 하지만 난 좀 더 개인적인 아쉬움을 토로하고 싶다. 나는 왜 '춘천의 음악가'로 남을 수 없었을까?

물론 난 춘천 '출신' 음악가다. 김추자도 있고 뜨거운 감자의 김C도 있고 춘천 출신 음악가는 없지 않다. 하지만 말 그대로 춘천에서 '몸이 떠난' 음악가일 뿐 나의 음악은 춘천과 거리가 멀다. '전범선과 양반들' 1집 「사랑가」에는 <낙원 아파트>라는 곡이 있다. 종로에 혼자 살 때 나의 생가인 (춘천시) 효자동 낙원 아파트를 그리며 썼다. 그게 전부다. 내 음악에서 그 이상의 '춘천'은 찾아볼 수 없다.

현재 한국에서 뚜렷한 지역색을 가진 음악가는 드물다. 한국 가수란 곧 서울 가수다. 물론 서울에 산다고 지역 특색이 묻어나는 곡을 쓸 수 없는 건 아니다. <소양강 처녀>를 쓴 반야월도 춘천 사람이 아니었다.

사무실 직원의 초대로 소양강 변에 놀러 왔다가 '해 저문 소양강에 황혼이 지면 / 외로운 갈대밭에 슬피 우는 두견새'를 본 것이다. 반야월은 충청도에 가서는 <울고 넘는 박달재>를, 경상도에 가서는 <비 내리는 삼랑진>을 쓸 수 있는 사람이었다. 그렇기 때문에 그는 어느 지역의 음악가도 아니다.

'한국적인' 음악가는 많다. 전범선과 양반들도 한국적이라는 평을 받는다. 그러나 내가 아는 음악가 중 "이분 음악은 참 대전스러워" 혹은 "역시 이 밴드는 제주 특유의 소리를 뽑아내는구나!"라고 말할 수 있는 사람은 없다.

미국을 보자. '레드 핫 칠리 페퍼스'는 로스앤젤레스의 햇살이, '너바나'는 시애틀의 구름이 만들어냈다. 뉴욕의 마천루 없이 '더 스트록스'의 세련됨이란 있을 수 없었고, 디트로이트의 폐허 없이 '에미넴'의 분노도 있을 수 없었다. 영국도 마찬가지다. '오아시스'는 맨체스터의 공장 굴뚝 연기를, '라디오헤드'는 옥스퍼드의 새벽안개를 닮았다. 셰필드 사투리 덕에 '아크틱 몽키스'가, 브라이턴 사투리 덕에 '더 쿡스'가 한층 더 흥겹다.

결국 다양성 이야기다. 지방에서도 음악을 시작하고 성장할 수 있어야 한다. 어느 수준에 도달하면 대자본이 있는 서울로 가는 게 당연하겠지만 새싹이 틀 토양조차 없는 것은 좀 그렇다. 대구나 부산 같은 대도시에는 작게나마 음악 생태계가 형성되어 가고 있다. 춘천도 그럴 수 있을까?

최근 고무적인 변화가 보인다. 2014년 열린 춘천 상상마당은 전국 최고 수준의 녹음실을 갖췄다. 전범선과 양반들 2집 「혁명가」를 거기서 녹음했다. 춘천 밴드페스티벌은 올해로 3회째를 맞는다. 전범선과 양반들은 2016년 5월 13일 금요일에 출연한다. 내가 홍대로 떠나던 2010년에는, 다시 말하지만, 상상도 못했던 일들이다. 춘천에서 록 음악을 하다니!

춘천시는 스스로 '로맨틱 춘천'이라 광고하고 있다. 그런데 나는 춘천시가 추진하는 로프웨이니, 스카이워크니, 헬로키티 테마파크니 하는 것들이 낭만적인지 잘 모르겠다. 대규모 선사 유적지에 레고랜드를 짓는 것은 확실히 낭만적이지 못하다.

춘천이 '낭만의 도시'로 거듭나는 방법은 춘천의 음악가가 많아지는 것이다. '춘천 가는 기차'가 아닌 '서울 가는 기차'를 부를 가수가 탄생해야 한다. 나는 아직도 춘천의 음악가가 되고프다. 이번 주말에는 춘천에 내려가 소양강 변의 봄 길을 걸어야겠다. 어쩌면 즐겁게 지저귀는 두견새를 만날 수도 있지 않을까?

취업이 힘들다고 한다. 인문학 전공자들은 특히 죽어
난다. 인문학이 국가 경제에 무슨 도움이 되겠는가?
대학은 앞다투어 인문학과를 통폐합하고 있다.

인문학은 사람을 삐뚤어지게 만든다. 나는 역사학 석
사까지 따고서 지금 록밴드를 하고 있다. 내 주변에
는 명문대를 졸업하고도 인생의 갈피를 잡지 못하는
인문학도들이 (나를 포함해서) 수두룩하다. 속된 말
로 '노답'이다.

인문학은 원래 답이 없다. 사회과학과는 다르다. 한
국에서는 둘을 통칭해 문과라고 하지만 확실히 구분
할 필요가 있다. 사회과학은 자연과학과 마찬가지로
답이 있다. 과학이란, 현상을 분석해 법칙을 밝히고
미래를 예측하는 행위다. 따라서 사회과학이 성립하
려면 인간도 우주 만물과 같이 예측 가능한 존재라는
전제가 있어야 한다.

물론 인간은 어느 정도 예측이 가능하다. 유전자와
성장 환경에 의해 프로그래밍된 기계와 같으니까. 하
지만 인간은 몹시 복잡다단한 기계다. 개인 간의 차
이도 상당하다. 그렇기 때문에 사회과학은 불가피하

게 인간에 대해 가정한다. 경제학자는 호모에코노미쿠스를 상정하고 국제관계학자는 국가를 당구공에 비유한다. 단순화하고 획일화하여 일반화한다. 그래야만 법칙을 찾을 수 있기 때문이다.

결과는 뻔하다. 경제학자의 예측은 일기예보보다 부정확하다. 정치학자 중 몇 명이나 트럼프의 당선을 예상했나? 사회과학의 진보와 상관없이 인류 사회의 미래는 여전히 불확실하다. 예나 지금이나 '사람 일은 모르는 거다'.

인문학은 이러한 불확실성을 겸허히 받아들이고 예언을 꺼린다. 그저 과거 인간의 삶이 얼마나 다양했고, 어떤 과정으로 변해왔는지 이야기할 뿐이다. 가변성과 특수성과 다양성이 인문학의 본질이다. 만약 여태껏 지구상에 살았던 1000억 명이 넘는 인간이 모두 같은 생각과 행동을 했다면, 사회과학은 자연과학 수준의 신뢰성을 얻을 테지만 인문학은 존재 이유를 상실할 것이다.

소크라테스가 남들과 달랐고 플라톤은 그의 스승과 달랐으며 아리스토텔레스는 그의 스승과 또 달랐기 때문에 서양 철학이 생겨났다. 같은 스페인 내전을 겪고도 헤밍웨이는 『누구를 위하여 종은 울리나』를 썼고 조지 오웰은 『카탈루냐 찬가』를 썼다. 내가 어려서 읽은 『어린 왕자』와 성인이 되어 읽은 『어린 왕자』의 의미는 천지 차이다. 지금은 맞고 그때는 틀린 것이 아니다. 오웰과 헤밍웨이가 다른 것처럼 과거와 현재의 내가 다른 것이다. 그래서 아름다운 것이고. 나는 석사 논문을 쓰기 위해 18세기 혁명가 토머스 페인의 글을 모두 읽었다. 1년 가까이 매일 그와 대화했고 그의 유언을 읽으며 눈물 흘리기도 했다. 그러나 아직도 페인이 어떤 사람인지 잘 모르겠다. '열 길 물속은 알아도 한 길 사람 속은 모른다' 하지 않던가. 당장 내 마음도 어느 콩밭에 가 있는지 모르겠는데 200년 전 죽은 사람의 마음을 어찌 알겠나. 공부를 하면 할수록 더 알 수 없는 것이 바로 인문학이다.

그러나 그 답 없는 인문학이 없으면 자유도 없다. 다름을 쫓는 학문이 있어야 삶의 선택지가 다양해지기 때문이다. 나는 한국사회가 더 자유로워져야 한다고 생각한다. '답 나오는' 사람보다는 '노답'인 사람, 예측할 수 없고 대체 불가능한 사람이 필요하다.

20세기의 대표적 자유주의자이자 역사학자였던 이사야 벌린은 다음과 같은 칸트의 말을 즐겨 인용했다. "인간이라는 삐뚤어진 나무에서 꼿꼿한 것이 만들어진 적은 없다." 인문학은 사람을 삐뚤어지게 만든다. 삐뚤어진 인간의 본성을 있는 그대로 보게 만들기 때문이다. 꼿꼿한 것을 만들려면 모난 곳을 깎아내야 한다. 나는 그게 싫다. 자유롭고 싶다. 삐뚤어질 테다. 나를 위한 변명이자 인문학을 위한 변명이다.

책방 풀무질이 폐업 위기에 처했다. 풀무질은 1986
년부터 성균관대학교 앞을 지키고 있는 인문사회과
학 책방이다. 80년대에는 대학가마다 이런 책방이
많았다고 한다. 학생들이 모여 책도 읽고 술도 먹고
더 나은 세상을 꿈꿨다. 민주, 평화, 통일을 이야기했
다. 그러다 나가서 시위도 했다. 그 시절 덕분에 대한
민국은 버젓한 민주국가가 되었다. 평화통일은 아직
못 이뤘지만.

스물여덟 살 청년 은종복은 1993년 풀무질을 인수했
다. 26년이 지난 오늘, 그의 머리는 새하얗다. 참 오
래, 잘 버텼다. 돈보다 뜻이 먼저였기 때문에 가능했
다. 그동안 인문사회과학 책방은 하나둘 사라졌다.
서울에 딱 두 곳 남았다. 서울대 앞 '그날이 오면'도
축소 이전하여 겨우 명맥을 지키고 있다. 쉰네 살 은
종복 씨는 2019년 새해가 밝자 결단을 내렸다. '더
이상은 안 되겠다.'

2020년 1월 7일 자 「한겨레」에 기사가 났다. "책방 정
신 계승할 인수자를 찾는다." 은 대표님이 나를 찾고
있는 것 같다는 느낌이 들었다. 물론 나는 풀무질과
아무런 관련이 없는 사람이었다. 영미권에서 대학을

나왔기 때문에 한국 대학가 책방에 대한 개인적인 향수도 없었다. 그렇지만 나는 확신했다. 이 책방이 사라져서는 안 된다. 살리고 싶다. 그리고 왠지 살릴 수 있을 것 같다. 나의 어머니가 예전에 헌책방을 하셨다는 것과 역사학 전공인 내가 인문학 책방을 사랑한다는 것은 다분히 감상적이지만, 그만큼 결정적인 이유였다.

나는 무작정 풀무질을 찾아갔다. 함께 '두루미' 출판사를 운영하는 고한준과 장경수도 배석했다. 은 대표님은 우리를 뜨겁게 안아주셨다. 서러움과 반가움이 섞인 눈물을 나는 보았다. 40평 지하 책방의 공기는 퀴퀴하지만 단단했다. 함석헌과 문익환부터 푸코와 플라톤까지 숨 쉬고 있었다. 분명 낯선 곳인데 아주 익숙했다.

면접 아닌 면접이 있었다. 은 대표님은 세 가지를 보셨다. 첫째, 젊어야 한다. 책방 일은 중노동이다. 풀무질을 살려서 오래 이어가려면 힘 있는 청년이 해야 한다. 두루미 일동은 20대 장정들이라 가볍게 통과했다.

둘째, 어느 정도 인문학에 조예가 깊은가. 손님에게 책을 소개하고 독서 모임을 이끌려면 기본 지식은 있어야 한다. 고한준은 가자마자 90년대 진보 잡지 「이론」이 있냐고 물어서 점수를 땄다. 나는 로크의 『통치론』을 읽었냐는 질문에 "아 그게 혹시 『Two

一一一

Treatises of Government』'(통치론의 원서 제목)인 가요?"라고 답해서 좌중의 밥맛을 약간 떨어뜨렸으나 대표님은 좋아하셨다. 장경수는 들뢰즈에 대한 자신의 지론을 밝혔고, 시인이라는 점에서 멋진 인상을 남겼다.

셋째는 성실성이었다. 나는 여기서 탈락했다. 가수가 본업인지라 책방에 진득하니 있지 못할 것 같다고 하셨다. 맞는 말씀이었다. 하지만 장경수와 고한준은 얼굴에 '근면'이라고 쓰여 있는 사람들이다. 대표님은 그들을 믿기로 하셨다.

이로써 책방 '풀무질'을 살리기 위한 풀무질이 시작되었다. 1억 5000만 원 상당의 부채가 있었다. 그중 대표님이 1억 원을 메우고, 나머지 5000만 원은 우리가 어떻게든 만들어보기로 했다. 장경수가 먼저 출근해 인수인계를 받았다. 1차 모금운동에는 1000여 명이 참여해 2500만 원이 모였다. 몇몇 출판사는 빚을 깎아주었다. 참 감사한 일이다.

공교롭게도 풀무질을 인수받던 그해 내가 스물여덟 살이었다. 26년 뒤 내가 쉰네 살이 되었을 때도 풀무질과 함께하고 있을까? 그때는 우리가 평화통일을 이루었을까? 모르긴 몰라도 은 대표님처럼 나도 머리가 새하얗게 바뀌어 있겠지.

책방 풀무질 인수를 마쳤다. 은종복 대표님 환송식을 조촐하게 했고, 조만간 내부 공사에 들어간다. 기존 부채는 은종복 대표님의 희생과 1000명 가까운 분의 후원으로 거의 해결했다. 일부는 나와 동료들이 넘겨받았다. 7월 중순 재개업 예정이다. 서른세 살 책방 풀무질은 폐업 위기를 넘겼다.

아직 살았다고 할 수는 없다. 풀무질에 다시 청년들이 들끓어야 한다. 동네 책방이 망하는 데는 구조적인 원인이 크다. 대형 서점과 가격 경쟁이 안 된다. 완전 도서정가제를 하루빨리 실시해야 한다. 그러나 마냥 기다릴 수는 없다. 풀무질도 '판올림'이 필요하다. 오늘날 인문사회과학 서점의 역할은 무엇일까.

'풀무질'이란 대장간에 불을 지피기 위해 풀무로 바람을 일으키는 행위다. 성균관대 신문방송학과 학회지 이름이었던 것이 책방 이름이 되었다. 책으로 마음을 뜨겁게 하고, 그것이 모여 혁명의 횃불이 되면, 세상을 바꿀 수 있다는 믿음이다. 1986년 풀무질이 처음 생겼을 때, 그 비유는 너무나도 자명했다. 광주학살이라는 만행을 저지른 군부 독재 정권이 있었다. 진실 앞에 분노해야 했고, 민주화와 평화통일을 위한 이론으로 무장해야 했으며, 여럿이 뭉쳐 행동해야 했다. 그만큼 책방의 의의도 분명했다. 책 한 권, 한 권을 땔감 삼아 거센 불길을 일으키는 곳이었다.

풀무질에 처음 드나들던 386세대는 결국 1987년 체제를 만들었고, 김대중과 노무현을 탄생시켰으며, 촛불혁명으로 재집권했다. 한 세대를 보통 30년으로 보는데, 386세대가 학생에서 기득권으로 거듭난 지난 30년 동안 대한민국도 많이 변했다. 정치 민주화는 어느 정도 달성했다. 은종복 대표님은 책 좀 팔았다고 97년 국가보안법 위반 혐의로 끌려갔는데, 나는 그럴 걱정은 없다. 사상과 표현의 자유가 조금씩 자리 잡고 있다.

반면 경제 민주화는 요원하다. 평화통일도 미완이다. 민족해방, 민중해방, 노동해방을 위한 풀무질은 계속될 수밖에 없다. 나아가 밀레니얼세대는 더 다양한 목소리를 낸다. 여성해방, 성소수자해방, 동물해방을 외친다. 과거에는 모든 압제의 주체이자 투쟁의 대상이 독재정권으로 환원되었다면, 지금은 가부장제부터 공장식 축산까지 스펙트럼이 넓다. 담론은 분산되었고, 정체성은 세분화되었다. 이제는 엔엘(NL)이냐 피디(PD)냐의 문제가 아니라, 비건이냐 페미니스트이냐, 비건 페미니스트이냐 에코 페미니스트이냐, 시스젠더 헤테로 남성이냐 퀴어이냐 등으로 나뉜다. 세상은 많이 바뀌었지만, 아직도 바꿀 것은 많다.

변화의 기저에는 여전히 책이 있다. 아무리 영상매체가 발달하고 사회관계망 서비스를 통한 교류가 활발해도, 가장 근본적인 연구와 심도 있는 대화는 책으로 이뤄진다. 마르크스를 유튜브로 만날 수도 있고, 보부아르를 트위터로 접할 수도 있다. 하지만 책으로 읽는 것이 제일 직접적이고 강렬하다. 지금도 세계 변혁을 이끄는 사람들은 책을 읽고, 책을 쓰고, 서로의 책을 논한다.

"책으로 세상을 바꾼다"는 대전제는 유효하다. 책이 사회 진보의 매개체로 남아 있는 한, 책방 풀무질의 존재 이유도 충분하다. 다만 386세대와 밀레니얼세대가 꿈꾸는 세상이 어떻게 비슷하고 어떻게 다른지 고민해야 한다. 비슷한 만큼 예전 풀무질의 모습도 유지될 것이고 다른 만큼 바뀔 것이다. 차근차근 가려 나가야 할 작업이다.

반드시 지키고 싶은 것이 있다. 은종복 대표님은 입버릇처럼 당신의 두 가지 꿈을 이야기했다. "온 세상 아이들 얼굴에 환한 웃음꽃이 피고, 남북이 평화롭게 하나 되는 세상." 그 세상이 올 때까지 책방 풀무질의 정신을 이어가는 것이 나의 몫이겠다.

홍성환이 퇴사했다. 홍성환은 내가 예전부터 같이 사업하자고 꼬시던 형이다. 아마 3년 전이었을 것이다. 우리는 원대한 이상을 품었다. 언젠가는 자유롭게 하고 싶은 걸 하면서 살자고 다짐했다. 독립잡지를 만들자, 패션 브랜드를 하자, 스피키지 바(Speakeasy Bar)를 차리자 등등 말로는 세계를 여러 번 정복했다. 그러나 그때 우리는 아무것도 하지 않았다. 돈도 없고 계획도 없고 용기도 없었다. 결국 형은 회사에 취직했고 나는 군대에 갔다.

그렇게 2년이 지났다. 나는 제대해서 밴드 '양반들'과 다시 음악을 만들기 시작했다. 친구 둘과 해방촌에 사찰음식점 '소식'을 개업했고, 다른 친구 둘과 성균관대 앞 책방 '풀무질'을 인수했다. 일단 저지르고 봤다. 군 생활 동안 억눌려 있던 창조적 에너지와 욕망을 마구 분출했다. 그러다 예능 방송까지 출연하면서 과포화 상태에 이르렀다. 돌리는 접시가 너무 많아졌다. 분명 하나는 깨질 것만 같았다.

그때 홍성환이 등장했다. 모 국제기구에서 월급 잘 받고 있는 사람이었다. 나는 마라샹궈를 먹으면서 푸념했다.

"형, 내가 책방을 하기로 했는데 이게 생각만큼 쉽지가 않네."

원래 누가 힘들다고, 하지 말라고 하면 더 하고 싶기 마련이다. 나만 해도 후배가 음악 한다고 하면 "절대 하지 마. 그러다 나처럼 돼!"라고 말한다. 그러면 걔는 선망의 눈길을 보낸다. 애초에 말린다고 안 할 사람이면 이쪽 일에 관심을 갖지도 않는다.

홍성환도 역시 청개구리였다. "형, 이거 하면 대박이야! 무조건 같이 하자!"고 했을 때는 씨알도 안 먹혔던 사람이 "아, 망해가는 책방을 살리려니 답이 없네" 하니까 덥석 미끼를 물었다. 처음부터 꼬실 때 내가 앓는 소리를 했어야 했다.

어쩌면 이유는 나보다 홍성환 쪽에 있을 수도 있다. 회사를 좀 다녀보니 적성에 안 맞았을 수도 있고, 나이 서른이 넘으니 생각이 바뀌었을 수도 있다. 어쨌든 이번엔 무언가 달랐다. 마라샹궈 회동 이후 몇 번 연락을 주고받았다. 그리고 지난달 통보가 왔다. "야, 나 사직서 제출했어."

갑자기? 내가 형한테 약속해준 건 하나도 없었다. 그런데 "제출할까?"도 아니고 "제출했어"라니. 물론 나는 대환영이었다. 홍성환은 쉬지도 않고 바로 우리 사무실로 출근했다. 오늘도 양복 입고 와서 나를 깨웠다(사무실이 곧 내 집이다). 미안하다. 나 때문에 인생이 망했을 수도 있다.

나는 사업을 시작할 때 두 선배의 조언을 들었다. 둘은 같은 유명 외국계 기업 출신이었다. 한 명은 진작에 퇴사해서 나름 성공한 영세 자영업자다. 마흔이 가까운 그는 술 한잔 걸치고 말했다.
"아직도 그 회사 다니는 사람들은 그것밖에 할 줄 모르는 사람들이에요."
반대로 그 회사의 임원이 된 선배는 이렇게 말했다.
"얘, 그래도 여기까지 올라오면 세상의 대우가 달라진단다."
나는 두 사람 앞에서 똑같이 고개를 끄덕였다.

결국 우리 모두 퇴사하기 마련이다. 늦으면 예순 살에 하는 것이고 빠르면 홍성환처럼 지금 하는 것이다. 어차피 할 거면 빨리 하는 게 나을 수도 있고, 어차피 할 거니까 천천히 하는 게 나을 수도 있다. 퇴사란 누가 옆에서 꼬신다고 하는 것도 아니요, 막는다고 안 하는 것도 아니다. 이렇게 홍성환 퇴사에 대한 내 책임을 회피해본다.

카프카는 책을 도끼에 비유했다.

> 책이란 무릇, 우리 안에 있는 꽁꽁 얼어버린
> 바다를 깨뜨려버리는 도끼가 아니면 안 되는
> 거야.

독서란 고정관념을 부수는 행위다. 이 비유는 광고인 박웅현의 책을 통해 더 널리 알려졌다. 맞다. 책은 도끼다. 그런데 책만 도끼인가?

영화도 도끼다. 나는 크리스토퍼 놀란의 작품을 보면서 뒤통수를 얻어맞은 적이 한두 번이 아니다. 음악도 도끼다. 중3 때 동네 음반 가게에서 '레이지 어게인스트 더 머신'을 처음 접했을 때, 세상이 무너지는 것 같았다. 문화예술 매체란 본질적으로 간접경험이다. 그 경험의 강도에 따라 고정관념도 깨지기 마련이다. 책뿐 아니라 모든 인문학과 예술이 도끼다.

그렇다면 왜 책인가? 요즘 나의 화두다. 성균관대 앞 책방 '풀무질'을 인수했기 때문이다. 대학가에는 한때 인문사회과학 서점이 많았다. 삼삼오오 책도 읽고 술도 먹고 토론도 하면서 더 나은 세상을 꿈꿨다.

1986년 문을 연 풀무질도 학생운동의 아지트였다. 90년대까지는 장사가 잘됐다. 그러나 이후 대학가 인문사회과학 서점은 하나둘 사라졌고 지금 서울에는 '풀무질'과 '그날이 오면', 딱 두 곳만 남았다.

풀무질도 폐업 위기였다. 26년째 책방을 지켜온 은종복 대표는 정신을 계승하는 청년에게 물려주고자 했다. 나는 1월 책방을 찾아갔다. 3월부터 인수인계를 시작했고 6월 정식으로 넘겨받았다. 망한 책방을 살리겠다고 들어왔으니, 그만한 포부가 있어야 했다. 게다가 나의 본업은 가수다. 책도 도끼지만 영화도 도끼고, 음악도 도끼라면 굳이 내가 왜 책방을 하는 걸까?

일본어나 중국어로 책은 '本(뿌리 본)이다. 한국어로는 드물지만 '사본', '원본', '제본' 등의 단어에서 이 '뿌리 본'을 쓴다. 다시 말해 한자문화권에서 책은 '뿌리'다. 이 명제 속에 '책'이라는 매체의 특별함이 담겨 있다. 크게 두 가지 의미에서 책은 뿌리다. 첫째, 책은 인류 역사를 관통하는 아주 뿌리 깊은 매체다. 둘째, 책은 문화예술 전체의 뿌리와도 같은 근본 매체다. 책이란 무릇, 창조적 파괴를 하는 도끼이기 전에, 역사적 맥락을 지탱하는 뿌리인 것이다.

오늘날 매체의 범람 속에서 책의 위치를 생각한다. 디지털이 아날로그를 잠식하고 있다. 바이닐(LP), CD, 카세트테이프가 가고 음원 스트리밍의 시대가

왔다. VHS 비디오, DVD, 블루레이를 거쳐 유튜브와 넷플릭스가 도래했다. 어쩔 수 없다. 내가 속한 밴드 '양반들'도 더 이상 CD를 만들지 않는다. 콤팩트디스크란 어차피 20세기 말에나 통했다. VHS 없이도 영화는 무궁히 발전하고 있지 않나. 기술에 따라 저장 매체가 바뀌는 것은 너무나도 당연하다.

그런데 책은 예외다. 아날로그 매체로서는 매우 잘 버티고 있다. 책은 단순히 특정 세기의 현상이 아니기 때문이다. 책은 인류 역사 그 자체다. 선사와 역사의 구분은 문자 기록의 유무에 달렸다. 가죽, 돌, 거북이 등 껍질, 나무 등에 글을 새기면서 역사가 시작됐다. 이런 재질도 여러 장을 꿰어서 저장했다면 '책'이라 볼 수 있다. 이집트에서 파피루스, 중국에서 종이가 발명되면서 책의 역할은 훨씬 커졌다. 어떤 고대 문명도 책을 통한 기록과 통제 없이는 존립할 수 없었다.

활자의 발명은 책의 생산성을 기하급수적으로 높였다. 구텐베르크의 인쇄술 없이 마르틴 루터의 종교개혁은 없었을 것이며, 종교개혁 없이는 계몽주의와 시민혁명도 없었을 것이다. 책의 파급력이 극대화된 덕분에 근대문명이 탄생했다. 고대부터 현대까지, 책은 문명사의 궤적을 고스란히 함께한 저장매체다. 벽화를 제외하면 현존하는 문화예술 매체 중 가장 오래되었다.

역사가 긴 만큼 책과 씨름한 인류의 기억도 방대하다. CD는 기껏해야 20~30년의 추억을 유발한다. 책의 추억은 2000년 이상이다. 공자, 플라톤, 성경을 책으로 읽는 것은 문명의 뿌리에 바로 다가가는 일이다. 뿐만 아니라 여태껏 그 책들을 읽고, 고민하고, 다른 책들을 써낸 무수한 인간들과 공통분모를 갖는 것이다. 칸트와 마르크스와 함석헌과 노는 것이다. 얼마나 유서 깊은 취미인가. 내가 책, 특히 종이책을 신앙하는 것은 바로 이 역사적 연속성 때문이다.

물론 오래됐다고 해서 영원하리라는 법은 없다. 종이책도 언젠가 대체될 수 있다. 그러나 책은 음악, 영화 등과 비교했을 때 단위당 소비 시간이 길고, 소비하는 동안 해당 매체를 계속 붙잡고 있어야 한다. 그래서 디지털 기기의 매력이 상대적으로 떨어질 수밖에 없다. 만약 기술의 발전으로 전자책이 종이책의 감촉과 감성을 능가하게 되면, 종이책도 역사의 뒤안길로 사라질 것이다. 그때는 CD와 카세트를 버릴 때와는 비교할 수 없을 만큼 속상하겠지.

매체가 바뀌면 그것을 둘러싼 인류의 과거 경험으로부터도 멀어진다. 전자책보다는 종이책으로 읽을 때 카프카와 더욱 가깝게 느껴진다. 원래 창작자가 염두에 둔 매체로 작품을 소비할 때 감동도 커지는 법이다. '셜록 홈스'를 베네딕트 컴버배치로 만나는 것도 좋지만, 책으로 읽을 때 비로소 아서 코난 도일의 목소리가 들린다. 마찬가지로 영화 <패션 오브 크라이

스트>를 보면서 복음서를 이해할 수도 있지만, 이는 요한과 누가와 마태오를 접하기 전에 멜 깁슨을 거치는 행위다. 원작자로부터 단절되는 것이다. 저자가 한 장, 한 장 넘기면서 꼭꼭 읽으라고 쓴 작품은 그렇게 소비하는 게 제일 긴밀하고 즐겁다.

마키아벨리는 그 정도에서 멈추지 않았다. 일을 마치고 집으로 돌아오면 "문가에 그날 입었던 진흙과 진창으로 더럽혀진 옷을 벗어두고, 위풍당당한 궁정 풍의 옷을 입었다." 그가 존경하는 고대의 선생들과 책으로 대화하려면 궁전에 초대받은 손님처럼 '드레스 코드'를 지켜야 했기 때문이다. 마키아벨리에게 독서란 시간여행이자 궁극의 현실 도피였다. "그곳에 머무르는 네 시간 동안 나는 지루함을 전혀 느끼지 않고, 모든 고통을 잊어버리며, 빈곤도 죽음도 두렵지 않다네." 지금 내가 마키아벨리의 『군주론』을 읽기 위해 르네상스식 옷을 입는 것은 과분한 드레스 코드일 수 있다. 그러나 그가 그랬듯이, 나도 책상 앞에 앉아 불을 켜고 책장을 뒤적이는 정도는 할 수 있지 않은가. 대가의 숨결을 느끼면서 말이다.

마키아벨리의 '그곳'은 궁정 풍의 옷을 입고 입장하는 서재였지만, 대다수 현대인에게 '그곳'은 멀티플렉스 영화관 혹은 컴퓨터 앞일 것이다. 사실 종이책을 위협하는 것은 전자책과 오디오북이 아니다. 영상 매체가 활자매체 전체를 밀어내고 있다. 예전에는 자연스럽게 책을 보거나 음악을 들었을 환경에서 지금은 너무나도 쉽게 영상을 본다. 요즘 세대들은 간단한 정보검색도 유튜브로 한다. 교과서 대신 인터넷 강의, 수필 대신 브이로그, 평론집 대신 리뷰 영상을 본다. 문화를 구축하는 일반 논의가 구전으로 이뤄지는 것이다.

유사 이래 처음으로 글보다 말의 전파력이 세졌다. 애초에 소크라테스와 부처와 예수는 말로 설파했지만, 그 말이 권력을 얻은 것은 책을 통해서였다. 이후 문자 매체의 헤게모니는 공고했다. 그런데 지난 세기 라디오와 텔레비전의 보급으로 구두 매체가 득세하더니, 유튜브에 이르러 판세가 완전히 뒤집혔다. 바야흐로 영상 제작이 활자 인쇄만큼 간편해졌기 때문이다.

그렇지만 아무리 영상이 보편화돼도 그것이 문화 전반을 지지하는 기본 매체라고 볼 수는 없다. 문화의 뿌리는 여전히 책이다. 조지 R.R. 마틴의 책이 있고 나서 드라마 <왕좌의 게임>이 있는 것이지, 그 반대가 될 수 없다. 과학자들은 여전히 논문을 쓰고 법관들은 여전히 법서를 읽으며, 소설가들은 여전히 자판을 두드린다. 책이라는 뿌리 위에 인문학과 예술과 과학이라는 기둥이 우뚝 서면, 음악과 미술과 연극과 시 등의 가지들이 뻗쳐나가고, 그 끝에 맺힌 여러 작품을 우리가 맛보는 것이다. 인터넷과 대중 매체를 통해 걷잡을 수 없이 많은 콘텐츠가 쏟아져 나와도, 그 기저에 깔린 가장 중요하고도 거대한 담론은 책이

다루고 있다. 그렇기 때문에 책은 가장 권위 있는 매체이기도 하다.

과연 지식인과 예술가들이 책을 읽지도 쓰지도 않는 세상이 올까. 책이라는 뿌리는 생각보다 이 땅에 깊숙이 자리 잡고 있으리라. 흔들린다면 그 뿌리가 내린 작은 정원 하나라도 지켜야지. 정성으로 가꾸어서 다시 자라나길 기다려야지. 이것이 책방 풀무질을 바라보는 나의 마음이다.

'트럼프가 DMZ에서 김정은을 만났다. 문재인이 중재했다.'

2019년 6월 30일 사실상 종전선언과 같은 역사적 순간이었다. 뿌듯하고 희망적이었다. 그러나 한편으로는 씁쓸했다. 왜 한반도의 전쟁을 끝내기 위해 대한민국 대통령이 미합중국 대통령을 모시고 판문점에 가야 할까. 그리고 뒤에 빠져 지켜봐야만 할까. 한국전쟁이 사실은 미-북 전쟁이기 때문이다. 나의 군생활이 떠올랐다.

나는 카투사였다. 카투사란 "미 육군에 증강된 한국인"을 뜻한다. 일반 육군보다 훨씬 편하다. 그래서 지원했고, 실제로 그랬다. 지금도 군대 얘기만 나오면 나는 "카송합니다(카투사라서 죄송합니다)"를 반복한다. 그러나 카투사도 스트레스가 없진 않았다. 미국군과 한국군 사이의 불평등한 구조가 가장 컸다.

시기가 절묘했다. 나는 2016년 12월 19일 입대했다. 바로 한 달 전, 나와 밴드 '양반들'은 광화문 민중총궐기 무대에 올랐었다. 처음으로 100만 명이 운집한 날이었다. 나는 <아래로부터의 혁명>을 연주했고 사람들은 "박근혜 하야"를 외쳤다. 무대 뒤에는 백기완 선생님도 계셨다. 이 땅의 오랜 민주화운동의 연장전이었다.

국정농단의 비민주성은 극명했다. 박근혜를 대통령으로 선출했는데 최순실이 권력을 행사했다. 이를 규탄하는 촛불시위의 민주성도 분명했다. 박근혜가 비로소 탄핵될 때, 대한민국의 주권자는 최순실이 아닌 5000만 국민임이 입증되리라. 훈련소 가는 길, 나는 곧 통수권자가 바뀔 거라 믿으며 안도했다.

논산에서의 5주는 무난했다. 그러나 의정부 캠프 잭슨에 들어가면서 모든 것이 바뀌었다. 미군 교관들은 다짜고짜 소리를 지르며 욕설을 퍼부었다. 미군의 훈련 방식이라고 이해했다. "그 머저리 같은 한국 군복과 장비는 갖다 버려"라는 말을 들었을 때는 좀 너무한다 생각했다. 그래도 카투사 떨어진 친구들한테 미안해서 참았다. 그때, 도널드 트럼프가 제45대 미합중국 대통령에 취임했다.

이제 누가 나의 보스인지 분명했다. 나는 미군복을 입고 있었고, 나의 어깨에는 아무런 국기도 없었다. 식당에 쓰여 있는 지휘계통도에는 최순실도, 박근혜도, 문재인도 없었다. 빨간 넥타이를 맨 트럼프가 나를 노려보고 있을 뿐이었다. 그가 거기 있기까지 대한민국 국민 전범선의 주권은 전혀 개입하지 못했다. 나와 내 최고 지휘관은 철저히 봉건적인 주종관계였다. 그는 내게 아무런 민주주의적 책임이 없었다. 고작 두달 전 광화문의 기억이 신기루처럼 아득했다.

카투사가 존재하는 한 대한민국은 온전한 주권국가가 아니다. 카투사는 전쟁 중 존 무초 대사의 요청에 따라 이승만이 구두 합의한 임시 제도였다. 지금도 아무런 법적 근거가 없다. 카투사의 업무는 한·미 양국 어학병이 충분히 대신할 수 있다. 미군이 주둔하는 일본, 독일, 영국 등 다른 어느 나라에도 카투사 같은 제도는 없다. 그럼에도 존속되는 것은 징집제가 있는 한 카투사로 가는 것이 명백한 이득이기 때문이다. 못 간 사람은 부럽고, 갔다 온 사람은 부끄럽다. 나만 해도 이미 혜택을 본 처지에서 카투사 제도를 비판하기 조심스럽다.

한-미 관계가 형식적으로나마 평등해지는 날을 꿈꾼다. 아마 한반도 평화체제의 꿈과 하나일 것이다. 미육군에 '증강된' 한국인은 더 이상 대한민국의 당당한 민주시민과 어울리지 않는다.

한국사회는 부유해졌지만 청년 세대는 부유하고 있다. 각자 조각배처럼 둥둥 떠서 목적 없이 흐르고 있다. 대한민국의 청년들은 어디로 가고 있을까.

민주화 이후 태어난 우리는 반도 역사상 최고의 풍요를 누리며 자랐다. 속된 말로 '배가 불렀다'. 그러나 우리는 목마르다. 사회가 부여한 역할, 정해준 길이 불만족스럽다. 기성세대의 근대적 가치관을 거부하기 때문이다. 우리는 더 이상 민족, 국가, 종교, 기업 등에서 의미를 찾지 못한다. 나름 삶의 뜻을 설정해보지만 정답이 없다. 불안하다. 부유하는 이는 언제 가라앉을지 모른다.

이것은 실존의 문제다. 누군가는 이로 인해 '탈조선' 하고 누군가는 아예 세상을 등진다. 하지만 '생존'의 문제와 싸워온 윗세대에게 '실존'의 문제는 가소롭다. 전쟁과 가난과 독재를 겪은 이들에게 정체성과 다양성과 주체성의 문제는 사치다. 20세기 한국인의 지상과제는 부유해지는 것, 즉 근대화의 수면 위로 떠올라 가쁜 숨을 들이쉬는 것이었다. 덕분에 21세기 한국인은 유유히 떠다니고 있다. 다만 왜, 어디로 나아갈지 모를 뿐이다.

반세기 전 미국에도 비슷한 현상이 있었다. 제2차 세계대전 후 '풍요한 사회'에서 자란 청년들은 대공황과 세계대전을 겪은 부모 세대와 너무 달랐다. 기존 서구 문명의 질서와 물질주의에 환멸을 느낀 이들은 성적 해방, 약물 복용, 영적 탐험을 통해 자유를 꾀했다. 방랑자적인 비트세대의 문학이 광란적인 재즈 반주에 맞춰 등장했고, 히피세대는 로큰롤과 함께 자연으로 회귀했다. 이러한 청년 반문화의 기저에는 불교, 도교, 힌두교 등 동양철학에 대한 동경이 깔려 있었다. 잭 케루악은 『다르마 행려』를 썼고 비틀스는 인도에 갔다. 기독교와 자본주의에서 찾지 못한 답을 동쪽에서 본 것이다.

그렇다면 우리는 어디를 보아야 하나. 서세동점의 구한말 이래 한국은 쭉 서쪽만 바라보았다. 미국과 유럽 따라잡기에 급급했고, 일본은 그것을 잘한 선례일 뿐이었다. 그렇게 부단히 쫓아간 결과 대한민국은 일류 시장경제와 민주주의를 얻었다. 그러나 그곳에도 구원은 없었다. 100년을 달려 도착한 곳에도 결국 아무것도 없음을 깨달았을 때, 미국 제국이 쇠퇴하고 서세동점이 끝나가는 이때, 동방의 변두리에서 우리는 무엇을 할 것인가.

비트족과 히피족처럼 고대 사상에 심취할 것인가. 사이버 우주에서 새로운 지평을 열 것인가. 아니면 그냥 술이나 먹고 담배나 피울 것인가. 확실한 것은 우리 모두 제각각 발버둥 치고 있다는 점이다. 그리고 그 발길질이 모든 경계를 깨부수고 있다. 성 정체성, 민족 주체성, 종교 신앙 따위의 관념들이 허물어지고 있다. 별난 인물들이 많이 나와서 이상한 일을 계속 꾸미고 있다. 그래서 요즘 대한민국의 문화예술이 아주 흥미롭다.

우리는 '엔(n)포세대'가 아니다. 결혼, 집, 출산, 경력 등을 포기한 것이 아니라 그것들에 얽매이지 않는 것이다. 길을 잃고 헤매는 게 아니다. 나름의 방향과 속도로 움직이는 것이다. 표류와 부유의 차이는 크다. 전자는 구조해주는 게 맞지만, 후자는 내버려두는 게 좋다.

부유세대는 침몰하지 않는 한 끊임없이 떠다닌다. 동양과 서양, 여성과 남성, 아와 비아의 경계를 넘나든다. 모든 것이 유동적이다. 정처 없는 유랑길에 목적지란 있을 수 없다. 민족중흥의 역사적 사명도 없고 천국이나 극락도 없다. 하루하루 의미를 찾아가는 철저히 파편화된 개인주의적 존재다. 고양이의 표정에서, 잠깐의 산책에서, 맛있는 커피 한 잔에서 이유를 얻는다. 오늘 당장 심연으로 가라앉지 않는다면 그것만으로 대성공이다.

조국 법무부 장관 후보자 논란이 계급 문제로 번지고 있다. 강남좌파는 다를 줄 알았는데, 좌파나 우파나 강남은 똑같다는 여론이다. 특권계급에 대한 대중의 분노가 심상치 않다.

나는 강원도 춘천 출신이다. 아버지는 고졸 자영업자였다. 내가 태어난 1991년부터 재작년 돌아가실 때까지 자동차 부품 대리점을 운영하셨다. 덕분에 나는 경제적 어려움 없이 학업에 집중했다. 강원중학교 전교 1등을 놓치지 않았다.

2007년 민족사관고등학교에 입학했을 때, 나는 강남사회에 편입됐다. 민사고 12기 국제반에서 강원도 출신은 나 혼자였다. 학교가 강원도 횡성에 있는데도 불구하고. 절대다수가 강남에서 왔고, 분당이나 목동, 일산에서 온 친구도 있었다. 의사, 변호사, 교수, 대기업 임원 자녀가 많았다. 영어의 장벽이 높았다. 일찍이 해외 경험을 한 친구들이 확실히 유리했다. 교수 안식년이 뭔지, 대기업 주재원이 뭔지 그때 처음 알았다. 그래도 신분 격차가 피부로 와닿지는 않았다. 전원 기숙사 생활에 한복을 입으니 비슷비슷했다. 친구 따라 타워팰리스에 가보기 전까지는 몰랐다.

우리 집도 춘천에선 넉넉한 편이었다. 그러나 강남에
아파트가 있느냐 없느냐의 구분은 엄연했다. 단순한
부의 문제가 아니었다. 인맥과 정보의 차이였다. 대
학 입시를 위해 어떤 과외 활동이 좋은지 알아야 했
다. 아프리카로 봉사활동을 간 친구, 오바마 대선 캠
프에서 일한 친구도 있었다. 연구실, 로펌 인턴은 흔
했다. 하지만 스스로를 특권층이라 인식하는 경우는
드물었다. 나는 자기소개서에 밴드 활동을 한 이야기
를 썼다. 자작곡 음반을 원서에 첨부했다.

2010년 미국 다트머스대학교에 입학했을 때, 비로소
유학생 및 교포사회에 편입됐다. 아이비리그 한인 중
나 같은 한국 고등학교 출신은 소수였다. 조기유학생
과 교포 2세들이 주류였다. 서울국제학교, 서울외국
인학교, 한국외국인학교 친구들도 만났다. 재벌과 준
재벌이 보였다. 본가가 아예 외국이거나, 서울에 살
면 한남동, 평창동, 성북동, 이촌동 등 강북에 살았
다. 최소 삼대가 부자였다. 나는 차원이 다른 장벽을
마주했다.

민사고 동창 중 그 정도 집은 없었다. 대원, 용인, 한
영외고에 다니던 친구들도 비슷했다. 전문직 자녀가
대부분이었고, 다들 살벌하게 공부했다. 부의 대물
림이 학력 대물림의 형태로 이뤄져야 했기 때문이다.
부모가 의사, 교수, 변호사, 대기업 임원이라고 자식

도 그리되란 법은 없었다. 그러나 재벌급은 달랐다. 학력이 필수라기보단 품위 유지였다.

드라마 <스카이 캐슬>은 허구다. 서울에서 그런 저택에 사는 집안은 삼대 의사 가문을 만들려고 바둥대지 않는다. 내가 직접 과외 다녀봐서 안다. 서울대 의대보다 아이비리그를 선호한다. 대치동 학원가를 전전하지도 않는다. 입시전쟁을 피해 보딩스쿨이나 국제학교를 보낸다. 학업 성적이 미진하면 스포츠나 예술로 스펙을 쌓는다. 현실 속 예서는 강남 아파트에 산다. 강북 저택에 사는 상위 1퍼센트는 세습을 위한 교육이 절실하지 않다. 의전원, 로스쿨, 박사 과정 안 가도 계급을 유지할 수 있다.

좌파나 우파나 결국 강남이 문제라는 말도 일리가 있다. 경제계급은 정치진영을 초월한다. 그러나 대한민국의 특권계급을 비판할 때는 더 예리해야 한다. 스카이캐슬 위에 '아이비캐슬'이 있다. 강남좌파 위에 강북재벌이 있다. 현 정권 인사들이 자신의 특권에 둔감한 것은 그 위에 더한 특권층이 있다고 믿기 때문이다. 조국 후보자에게 가장 분노하는 청년들도 서울대, 고려대 등 상위권 학생들이다. 우리 모두 위만 쳐다보고 있다. 계급적 박탈감이란 늘 상대적이다.

민중의 입장에서 보면 강남좌파나 강북재벌이나 다 특권계급이다. 정부가 내건 적폐청산의 기치가 설득력을 얻으려면 자신들의 특권부터 인정해야 한다. 오랜 운동과 희생으로 쟁취한 권력이지만, 어쨌든 그들도 이제 기득권이다. 민심은 결국 어떤 계층의 박탈감을 헤아려야 하는지 아는 자들에게 돌아갈 것이다.

수염이란 무엇인가? 나는 어릴 적부터 수염을 기르고 싶었다. 로큰롤에 빠지고 나서부터는 특히 수염에 장발인 예수 스타일 록스타들을 동경했다. 존 레논, 짐 모리슨 등등. 하지만 중고등학생 때는 두발 규제가 있었다. 대학생 때 비로소 기르기 시작했다가, 취업을 하니 눈치가 보여서 잘랐다. 군대에서는 아예 삭발하고 지냈다. 한국에서 신체 건강한 이성애자 남성으로서 겪는 억압은 많지 않았다. 나는 그중 모발에 대한 통제가 그나마 가장 큰 속박으로 느껴졌다. 수염이란 내게 자유의 상징이었다.

제대 후, 나는 수염과 머리를 다시 길렀다. 예술가 겸 자영업자로 살았기 때문에 눈치 볼 일이 없었다. 마음껏 나의 털을 휘날렸다. 점점 1000원, 5000원, 10000원 지폐 속 인물로 변해갔다. 『삼국지』속 관우처럼 수염을 만지작거리는 습관이 생겼다. 드디어 내가 원했던 자유를 만끽했다.

하지만 턱 밑 털이 무거워질수록 나를 보는 시선도 무거워졌다. '선생님'이라 불리기 시작했다. 물론 한국 나이로 이제 서른이고 여기저기 강연도 하러 다니니 그럴 수 있지만, 보통 '범선 씨'나 '손님' 정도로 불릴 법한 상황에서도 '선생님'이 되어버렸다. 내가 30대 후반이나 40대 초반이라고 짐작하는 분들이 많았다.

수염은 내게 더 이상 자유의 상징이 아니었다. 전통적인 남성성의 체현이었다. 내가 '양반들'이라는 밴드를 하고 '성균관' 앞에서 책방을 하는 것도 도움이 안 됐다. 진짜 선비가 되기 위해 안간힘 쓰는 한국 남성으로 해석될 여지가 농후했다. 친구는 내 수염을 보고 "남근이 꽁꽁 뭉쳐 있다"고 비판했다. 나는 허허 웃었지만 부정할 수 없었다.

의도는 중요치 않았다. 콘텍스트가 전부였다. 내게 자유인 것도 사회적으로는 특권일 수 있었다. 갑자기 수염에서 해방되고 싶었다. 학교와 직장과 군대의 눈치를 보느라 매일 아침 면도를 해야 했던, 그 알량한 억압으로부터 자유롭고 싶어서 수염을 길렀다면, 이제는 내 얼굴에 달린 남근과 자의식과 권위로부터 자유롭고 싶었다.

그러다 얼마 전, 한 전시에 갔다. 남성이 남성을 왁싱하는 과정을 관람객이 지켜보는 실험적인 기획이었다. 나는 이름 모를 인간의 음부에서 털이 뽑히는 과정을 음미하면서 "따갑겠다"와 "통쾌하다"를 동시에 느꼈다. 그리고 무엇보다 깔끔하니 아름다웠다. 바로 그날 밤, 나는 면도기를 들었다. 쇄골까지 내려왔던 수염을 모두 밀고, 앞머리도 싹둑 잘랐다.

나의 면도 전후, 세상이 나를 대하는 태도가 바뀌었다. 못 알아보는 이가 많았고, 이상하다는 사람도 있었다. 단발에 앞머리가 생기니 '귀엽다'는 말을 많이 들었다. 머리 크고 나서 처음으로 '예쁘다'는 평까지 받았다. 만질 수염이 없어서인지 거드름을 덜 피웠고, 무의식중에 뒷짐 지고 걷는 일도 줄었다. 결과적으로 '선생님'이라 불리는 일이 드물어졌다.

내가 원하든 원하지 않든, 나의 면도는 '덜 남성되기'를 수행하는 것이었다. 8년 전, 비슷한 경험을 한 적이 있다. 대학 새내기 때 나는 조정부에 가입해 몸 키우기에 열중했다. 아침 저녁으로 운동을 하며 막대한 양의 고기, 생선, 우유를 소비했다. 그러다 동물권에 눈을 뜨고 채식을 시작하면서 10킬로그램이 빠졌다. 조정부도 탈퇴했다. 그 뒤로 "남자가 고기를 안 먹어서 힘을 못 쓴다"는 헛소리를 귀에 달고 살았다.

나의 자유는 결국 나의 일상적 퍼포먼스가 얼마나 해방적이냐에 달렸다. 그리고 그 퍼포먼스의 의미는 나의 의도가 아닌 사회문화적 구조가 정의한다. 아무리 자유로운 행위도 특권이라면 해방적이지 못하다. 면도와 채식은 그래서 내게 일맥상통한다. 매일 아침, 하루 세끼 벌이는 나만의 퍼포먼스가 나를 자유롭게 하리라.

이 땅에 태어나서 가장 답답했던 것이 분단이다. 반쪽짜리 섬을 또다시 반쪽 내어놓고 무얼 하고 있는지. 섬에 갇힌 느낌이었다. 내 고향 강원도가 사실은 남강원도일 뿐이고, 철책 너머 북강원도가 있다는 사실을 처음 깨달았을 때 얼마나 허탈했는지 모른다. 게다가 금강산도 우리 강원도라니! 휴전선을 볼 때마다 가장 원초적인 부자유를 느꼈다. 저것을 뚫고서 당장 북으로, 대륙으로, 세상으로 나아가고 싶거늘, 우리는 왜 아직도 이러고 있을까. 왜 목장의 동물처럼 울타리에 갇혀 살까.

미국을 횡단하는 자동차 여행을 했을 때, 나는 처음으로 대지를 누볐다. "만주 벌판 달려라 광개토대왕"이라는 말이 여태껏 무슨 뜻인지 모르고 살았구나. 마음만 먹으면 며칠이건 달릴 수 있었다. 컨트리 음악을 들으며 텍사스 사막을 지날 때 나는 비로소 미군 전우들이 목숨 걸고 지키려는 자유가 무엇인지 체감했다. 원초적인 자유였다. 사상과 신념 이전의 신체적 자유. 인간이기 전, 동물로서의 자유. 말 그대로 움직이는 물체로서의 자유. 대한민국 사람은 그것을 잊고 있었다.

군인이 되니 더욱 절실했다. 미군복을 입고 소요산 너머를 바라보았다. 나는 대한민국 국방의 의무를 다하러 왔지만, 내 옆의 전우들은 거대한 미 제국의 변방을 순회하고 있을 뿐이었다. 나는 DMZ를 보면 맥이 끊긴 느낌이었지만, 그들에게는 개척 시대 황량한 서부의 연장선이었다. 군복을 벗고 싶다는 욕망은 휴전선을 끊어버리고 싶다는 야망으로 발전했다.

그러다 두루미를 보았다. 내가 출판과 책방 사업을 위해 (주)두루미를 만들고 생각해보니, 실제로 두루미를 본 적이 한 번도 없었다. 나에게 두루미는 유니콘 같은 상상 속의 동물이었다. 친구 둘과 그날 새벽 철원으로 향했다. 내비게이션에 '두루미'를 검색하니, '두루미 마을'이 나왔다. 한 시간 반을 달려 도착한 곳에는 정말 두루미 100여 마리가 모여 있었다. 숙연해지는 장면이었다.

두루미를 이야기하면 동네 개천에서 본 백로나 왜가리를 떠올리는 사람이 많은데, 겨울에 철원 가서 본 게 아니면 착각이다. 두루미는 키가 160센티미터가 넘는다. 엄청 큰 동물이고 항상 군집해 있다. 가까이 가면 날아가기 때문에 멀리서 봐야 한다. 범과 표범과 곰이 사라진 한반도에서 두루미는 가장 카리스마 있는 야생동물이라고 확신한다.

나는 차를 타고 두루미가 날아가는 방향을 따라갔다. 그러다 군인들에게 가로막혔다. 철새 도래지 안에는 영농 목적이 아니면 들어갈 수 없다고 했다. 두루미는 DMZ도 살포시 건너서 시베리아까지 날아가겠지. 부러웠다. 과연 누가 더 자유로운가. 문명화된 나인가, 야생의 두루미인가.

내게 평화주의와 생태주의는 같은 말이다. 평화란 단순히 전쟁의 부재가 아니다. 여태까지 역사는 전쟁의 연속과 그 사이사이 쉬는 시간이었다. 지금 한반도 역시 휴전 상태일 뿐이다. 소극적 평화라고 볼 수 있다. 그것마저도 인간 사이의 휴전이다. 비인간 동물은 매일이 전쟁이다. 적극적 평화란, 전쟁이 사라지고 정의가 구현된 상태다. 이 땅의 모든 동물을 위한 생태주의적 고려가 있기 전까지 평화도 없다.

코로나를 겪으면서 확실히 알게 되었다. '원 헬스', 인간과 동물과 생태계의 건강은 하나로 연결되어 있다. 인간이 자연, 특히 동물에게 가하는 착취와 폭력이 부메랑처럼 돌아와 인간을 죽이고, 억압하고 있다. 인간은 자연을 이길 수 없다. 당연한 진리다. 인간이 자연의 일부이기 때문이다. 근대 이전에는 누구나 알았다. 과학으로 자연을 정복했다는 오만 때문에 잠시 망각했다. 우리는 모두 동물이다. 잊어서는 안 된다. 생태가 파괴되면 인간의 자유도, 평화도 있을 수 없다.

나를 잠 못들게 하는 문제가 여럿 있지만, 요즘은 특히 하나가 괴롭힌다. 두루미가 더 이상 철원에 안 오면 어쩌지? 기후변화로 수많은 철새가 경로를 바꾸고 있다. 극지방이 다 녹고 있는 마당에 당장 이번 겨울, 두루미가 휴전선 이남으로 안 내려와도 이상할 게 없다. 만약 그렇게 되면 나는 절망할 것이다. 남한이라는 우리 안에 갇힌 인간 동물로서 두루미를 그리워하며 슬피 울 것이다.

인간이 새처럼 날겠다고 비행기를 만들어 타면서 하늘에 탄소를 뿌린 지 100년이다. 한반도에 폭탄을 퍼붓고 철의 장벽을 세운 것이 70년 전이다. 그동안 무수한 동식물이 멸종되었고, 인간의 삶은 자연과 괴리되었다. 한국인이 '한강의 기적'을 이룩하는 동안 한강은 혼탁해졌을 뿐이다.

나는 아직 두루미를 보낼 준비가 안 됐다. 이번 겨울에도, 다음 겨울에도 나는 철원을 찾을 것이다. 두루미와의 조우가 나에게는 생태주의의 시작이자, 평화주의의 시작이다. 반도 땅의 모든 동물에게 자유와 평화를. 앞으로 (주)두루미의 사업은 궁극적으로 동물해방과 멸종반란을 위해 전개할 것이다.

맥이 끊겼다. 20세기 한반도의 문화예술은 맥이 끊겼다. 시공간이 다 끊겼다. 일단 식민지배 때문에 시간적으로 단절되었다. 문화의 근간은 말글이며, 예술의 근간은 자유다. 그런데 일제는 조선 말글을 못 쓰게 했고, 기지 국가를 만들어 자유를 박탈했다. 독창성이 숨 쉴 틈이 없었다. 반도의 정기를 끊기 위해 태백산맥에 말뚝을 박았다는 흉흉한 설이 전해졌다. 한국전쟁 때문에 공간적으로도 단절되었다. 좌우가 남북으로 갈라졌다. 문예 활동을 이어갈 풍경이 말 그대로 초토화됐다. 전쟁을 멈춘 뒤, 거울상 같은 독재정권이 남북을 지배했다. 사유의 스펙트럼은 조각나고 쪼그라들었다. 남한 사람도 북한 사람도 각자 섬에 갇힌 것처럼 살았다. 유라시아 대륙과 연결되어 있다는 사실을 망각했다. 맥이 다 끊기고 빠지고 풀려서 재미가 없었다. 여러모로 갑갑한 시절이었다.

21세기 한반도의 문화예술은 재밌다. 적어도 남반부는 그렇다. 자유와 쾌락과 다양성이 조금씩 싹튼다. 봉준호, 방탄소년단을 빼고도 할 이야기가 많다. 부단히 서양과 일본을 따라잡아서 일부는 앞질렀다. 그 과정에서 새롭고 독창적이고 고유한 것들이 등장했다. 아직 답답하지만 숨통은 트인다. 죽은 줄만 알았던 맥박이 다시 뛴다.

나는 한국의 90년대생이 미국의 비트세대와 비슷한 역사적 조건에 있다고 본다. 위키백과에 따르면 "비트세대는 1950년대 미국의 경제적 풍요 속에서 획일화, 동질화의 양상으로 개개인이 거대한 사회조직의 한 부속품으로 전락하는 것에 대항하여, 민속음악을 즐기며 산업화 이전 시대의 전원생활, 인간 정신에 대한 신뢰, 낙천주의적인 사고를 중요시하였던 사람들이다." 오늘날 힙스터의 원조가 비트족이다. 1920년대생 시인 앨런 긴즈버그, 소설가 잭 케루악 등은 미국사상 가장 부유하고 자유로운 시대에 성년이 되었고, 기성세대의 가치관에 격렬히 저항했다. 대공황과 전쟁을 겪은 부모 세대의 집단주의적이고 청교도적인 삶의 방식을 거부하고 방랑을 떠났다.

나 같은 90년대생 역시 한국사상 가장 부유하고 자유로운 시대에 성년이 되었다. 가난과 독재를 겪은 부모 세대의 개발중심적이고 전체주의적인 삶의 방식을 부정한다. 획일화와 동질화를 조장하는 소비 자본주의에 염증을 느끼고 가치 중심적인 삶을 지향한다. 그렇다고 미국의 60년대 히피세대처럼 완전히 사회로부터 벗어나 대안 공동체를 꾸리지는 못한다. 기존 사회의 테두리 안에서 개별적으로 반발하고 방랑한다. 아마 2000년대생들은 히피 같을 것이다. 자유가 완전히 체화된 세대가 온다. 그때는 문화예술이 훨씬 더 이상하고 재밌어지겠지. 어쨌든 오늘날 남한의 청년들은 꿈틀거리고 있다. 맥이 좀 짚인다.

끊긴 맥을 다시 잇는 작업을 우리는 '재생'이라 한다.
생물학에서 재생은 "상실되거나 손상된 생물체의 한
부분에 새로운 조직이 생겨 다시 자라남"을 뜻한다.
반면 '부활'은 아예 죽었던 생물체가 되살아나는 것
이다. 자연세계에서 그런 일은 없다. 부활은 기적이
다. 하지만 재생은 상시 일어난다. 머리카락이 자라
나는 것도 재생이다. 생명 유지를 위해 지극히 자연
스러운 현상이다. 지금 한국의 문화예술도 지속가능
성을 담보하기 위해서는 재생을 고민해야 한다. 상실
되거나 손상된 부분, 끊어진 맥락을 재발굴하고 재조
명해서 다시 자라나게 만들어야 한다.

문화기획사 (주)두루미는 재생사업에 주력한다. 우선
두루미출판사는 "좌우의 날개로 남북을 오간다"를
표어로 발족하여 공산주의 여성해방운동가 허정숙
의 『나의 단발과 단발 전후』를 출간했다. 동아일보 최
초의 여기자였고, 잡지 「신여성」 편집장이기도 했던
허정숙은 1925년, 주세죽, 고명자 두 동지와 함께 조
선 여성 최초로 단발을 감행한다. 한국 탈코르셋 운
동의 원조라고 할 수 있다. 하지만 허정숙은 월북하
여 북조선에서 고위 관직을 역임했다는 이유로 남한
에서 여태껏 출판된 적이 없었다. 사상의 맥이 끊긴
것이다. 두루미는 허정숙에 이어서 장준하의 『우리는
특권계급의 밥이 아니다』와 정칠성의 『신여성이란 무
엇?』을 펴냈다. 지난 세기 한반도에서 검열되고 잊혔

던 사상가들의 글을 카페에서 가볍게 읽을 만한 문고판으로 엮었다. 현재 박헌영과 함석헌 등도 준비하고 있다.

사상의 맥을 잇는 데 가장 중요한 것은 문자다. 세종이 한글을 창제한 지 500년이 넘었지만, 그동안 조선은 말글이 따로 놀았다. 특권계급이 한자를 고수했기 때문이다. 일상 언어와 활자 매체가 불일치했다. 1988년 창간한 「한겨레」는 최초의 순한글 중앙 일간지다. 비로소 한글만 쓰는 지식 생태계를 상상할 수 있었다. 91년에 태어난 나는 사실상 첫 순한글세대다. 까막눈인 것이 전혀 부끄럽거나 불편하지 않은 시대가 왔다. 민중의 말과 글이 하나 되었다. 문화융성을 위한 필요조건이 한반도에 갖춰졌다.

한 세기 만에 지식 유통이 한자 전용에서 국한문혼용을 거쳐 순한글로 바뀌다 보니 또 다른 단절이 생겼다. 나는 17세기 영국의 사상서는 원문으로 읽을 수 있지만, 고작 1970년대 한국의 사상서는 못 읽는다. 내가 영어를 하고 한자를 못해서가 아니다. 영국은 셰익스피어 이후 언어와 문학이 함께 진화해왔고, 문법도 크게 바뀌지 않았다. 그래서 인문학 전통이 켜켜이 축적되었다. 하지만 조선은 말글이 괴리되었고, 한글 문법도 뒤늦게 정착되었다. 허정숙을 비롯한 20세기 한반도 지식인들의 글은 대부분 국한문혼용일 뿐만 아니라, 맞춤법도 낯설어서 일반 독자가 이해하기 힘들다. 사상 검열만큼 문자의 변화도 단절에 큰 몫을 한 것이다. 영국이 17세기 라틴어에서 영어로 넘어오며 겪었던 변화를 한국은 이제 거치고 있다.

무형의 맥을 잇는 것만큼 절실한 것이 유형, 특히 공간의 맥을 잇는 것이다. 두루미는 그래서 성균관대 앞 인문사회과학서점 풀무질을 인수했다. 지난 세기 한국은 옛것을 허물고 새것을 지었다. 서양과 물질적인 동시대성을 확보하는 데 전념했고, 성공했다. 하지만 정신적 풍요를 위해서는 변화만큼 연속도 중요하다. 뿌리 뽑힌 채, 맥이 끊긴 채, 끝없이 변모하는 상태도 흥미롭지만, 나는 뿌리 깊은 문화예술적 맥락을 계승, 발전하는 것이야말로 멋지다고 느낀다. 오래된 공간은 오래됐다는 이유만으로 나를 설레게 한다. 나는 매일 풀무질에 들어설 때마다, 나보다 앞서고 나를 초월하는 흐름에 합류하는 것 같아 기쁘다. 외롭지 않다. 35년이라는, 짧다면 짧고 길다면 긴 역사를 가진 책방이지만, 이제 겨우 서른 살인 나에게는 평생의 무게보다 크다. 그만한 가치가 있다.

공간 재생이 나의 세대에게 필연적인 이유는 기후생태위기와도 직결되어 있다. 이제 우리는 토건을 멈추어야 한다. 더 이상의 부동산 개발과 자연 파괴는 자살행위다. 인구는 줄어들 것이고 줄어들어야 한다. 이미 지어진 건축물로도 충분하다. 차라리 없앨 것은 없애고, 살릴 것만 잘 살리면 된다. 문명의 영역을 줄이고 야생의 영역을 다시 확보하는 작업을 '활생'이라 한다. 탄소 배출량을 줄이기 위해 필사적으로 녹지를 만들자는 것이다. 살고 싶다면 우리는 신축보다 재생, 활생을 택해야 한다.

두루미는 곧 강원도의 폐교, 폐농장, 빈집 등을 재생하여 안식처를 만들 것이다. 구조된 동물을 위한 보금자리이자, 진정으로 생태적인 비건, 로컬 생활을 위한 체험 공간이다. 지역생산 지역소비, 식물성 식단, 느린 삶 등 거창하고 미래지향적인 개념들도 사실 따지고 보면 근대 이전의 삶을 되찾자는 것이다. 말하자면 라이프스타일 재생이다.

기성세대의 방식에서 이탈하는 것이 90년대생의 정신이라 했지만, 아이러니컬하게도 맥을 잇는 '재생'이야말로 대표적인 저항의 방법이 아닐까 싶다. 이제 그만 좀 생산하고, 그만 좀 짓고, 그만 좀 소비하고, 그만 좀 부수자. 그냥 맥이 좀 흐르게 내버려두어야 맥락이 생기고, 문화예술이 다채로워진다. 맥을 잇자! 비효율적이고 비생산적이라도 철저히 재생적인 문화가 지속가능한 창조의 토대를 마련해줄 것이다.

3부

해방촌의 채식주의자: 모두의 자유를 위하여

나는 해방촌에 산다. 서울 용산 미군기지 옆에 있는 해방촌은 원래 난민촌이었다. 1945년 해방 직후 만주 등지에서 돌아온 동포들이 얼기설기 판잣집을 짓고 살았다. 처음부터 이주민 동네였던 것이다. 미군이 주둔하면서 해방촌은 기지촌화되었다. 지난 세기말부터는 원어민 강사들이 몰려들었다. 미국식 식당과 술집이 많았고, 월세가 저렴했기 때문이다. 나이지리아인, 무슬림 등 한국 사회에서 차별받는 공동체도 이리 모였다. 미군 부대 주변은 그나마 인종적 혐오가 덜하지 않나 하는 마음이었을 것이다. 지난 75년간 해방촌은 문화적, 인종적으로 다변화되었지만, 이주민 동네라는 정체성은 변하지 않았다.

이제 해방촌은 기지촌이 아니다. 용산에 있던 미군은 평택으로 이전했다. 대신 더 이국적이고 이색적인 상점들이 들어섰다. 모로코 식당, 퀴어클럽, 비건 레스토랑, 섹스토이숍. 동네 어귀에는 "KEEP HBC WEIRD"라고 누가 그라피티로 적어놨다. "해방촌을 계속 이상하게 내버려두라."(외국인들은 해방촌을 줄여서 HBC라고 부른다) 로컬 크리에이터들의 성지와도 같은 미국 오리건주 포틀랜드의 슬로건 "KEEP PORTLAND WEIRD"를 따온 것이다. 해방촌은 말 그대로 해방구가 되었다. 일제로부터의 해방을 뜻했던 이름이 이제는 차별과 편견으로부터의 해방으로 탈바꿈했다.

내가 2년 전 이곳에 온 이유는 단순했다. 먹고살기 위해. 해방촌은 대한민국에서 채식주의자로 살기 가장 좋은 동네다. 전국 유일의 비건 슈퍼마켓이 있고, 웬만하면 식당에 비건 메뉴가 하나씩 있다. 동물권단체 '동물해방물결'도 해방촌에 둥지를 틀었고, 나는 그 옆에 어느 캐나다인이 버리고 간 클럽을 인수해서 코워킹스페이스 '토굴'을 만들었다. '해방촌장 전범선'이라는 유튜브 채널도 개설했다. 아무도 나를 촌장으로 선출한 적 없지만, 그만큼 터를 잡고 오래 살고 싶은 마음이었다.

해방촌이라서 좋은 것도 있지만, '우리 동네'가 있다는 것 자체가 중요했다. 나는 전에 강남 뱅뱅사거리에 살았다. 25층짜리 오피스텔 전체를 합치면 마을 하나 인구는 될 텐데, 철저히 고립된 기분이었다. 얼굴 알고 인사하는 사람이 지하 슈퍼 아저씨뿐이었다. 집은 깔끔했지만, 파편화된 삶에 염증이 났다. 나는 지금 해방촌 카페에 앉아 글을 쓰고 있는데, 두어 시간 만에 (사장님을 포함해서) 대여섯 명과 안부를 나눴다.

동네에 산다는 것은 공연성을 갖는 것이다. 이웃에게 나의 삶을 드러내는 것이다. 기성세대에게는 옆집

숟가락 개수까지 알던 시절이 익숙하고, 그게 그립지 않을 수 있다. 그러나 나 같은 밀레니얼세대, 90년대생에게는 낯선 문화다. 아파트에서 태어나 세계화 시대를 살고, 코로나 이후 비대면 온라인 세상을 준비하는 우리에게 익명성과 소외감은 기본이다. 핵가족도 해체되었다. 이제 결혼도 잘 안 하고 애도 잘 안 낳는다. 어쩔 수 없다. 인간다운 삶을 원하면 대안적 공동체를 확보해야 한다.

라이프스타일을 공유하는 개인들이 모여 살면서 느슨한 유대감을 형성하는 공동체. 나에게는 그게 해방촌이지만, 누구에게는 연남동이나 성수동일 수도 있고, 양양이나 제주일 수도 있다. 동네가 미래다.

나는 2012년 피터 싱어의『동물해방』을 읽고 채식을 시작했다. 나의 친구 이지연에게 그 책을 선물했고, 5년 뒤 그는 '동물해방물결'이라는 단체를 설립했다. 나는 자문위원으로서 동물해방물결의 철학과 전략을 고민했다.

동물해방물결이 대한민국에서 설파하는 메시지는 "비건이 되어라!"로 요약할 수 있다. 비건이 된다는 것은 비인간 동물을 착취, 학대, 살상하는 모든 제품을 불매한다는 것이다. 현재 대한민국의 자본주의 체제 안에 강제로 편입되어 고통받고 있는 비인간 동물은 농장동물(주로 식용), 전시동물(동물원, 수족관), 실험동물(의약품, 교육/연구), 반려동물(펫샵) 등이 있다. 그중 절대적으로 비중이 큰 것은 소, 돼지, 닭, 개 등 인간이 먹기 위해 만들고 기르고 죽이는 식용 동물이다. 오직 우리의 입맛을 위한 대학살이 일상적으로 자행되고 있다. 비건운동이 음식에만 국한되어서는 안되지만 먹는 문제가 가장 중요한 것은 분명하다.

그래서 나는 동물해방물결 사무실 옆에 사찰음식점 '소식'을 개업했다. 논비건들이 경험해보고 '이 정도면 나도 채식할 수 있겠는데?' 하는 비건 식당을 만들고 싶었다. 일종의 비건 선교 사업이었다. 1년 정도 운영해보니 장사도 잘 되었다. 안백린의 탁월한 요리 실력과 박연의 확실한 브랜딩 덕분이었다. 나는 채식 전도사를 자처하며 방송 출연을 일삼았다. 채널A <굿피플>에서 만난 강호동 씨는 나를 보고 "범선 씨는 얼굴에 채식이 없는데?" 하며 농담을 하기도 했고, 이수근 씨는 "생긴 건 고기를 날로 뜯어먹을 것 같다"고 놀라기도 했다. SBS <가로채널>에서는 소유진 씨와 요리 대결을 펼쳤다. 백종원 레시피로 무장한 '소여사' 님은 진짜 치킨을 튀기고 나는 옆에서 안백린 레시피로 꿋꿋이 노루궁뎅이버섯을 튀겼다.

예능 방송에서는 무슨 말이든 우스갯소리로 비춰질 위험이 있다. JTBC <요즘애들>에서는 "육식주의자" 문세윤 씨가 상대로 등장하여 채식에 대한 일반적인 편견을 늘어놓았다. 나는 비거니즘이 조금이라도 가볍게 다뤄질까 봐 걱정했다. 하지만 유재석, 강호동이 방송에서 비건 음식을 시도해본다는 것 자체가 역사의 진보라고 믿었다. 동물 사체를 조리하고 먹음직스럽게 조명하고 소비를 권장하는 프로그램에 내가 출연하는 게 옳은지 회의감이 들었지만, 그렇게라도 대한민국 주류사회에 비거니즘의 깃발을 꽂는 것이 중요하다고 생각했다. 타협을 한 것이다.

동물해방운동은 타협의 연속일 수밖에 없다. 다른 해방운동과 다르게 동물해방운동은 해방하고자 하는 사회적 약자들이 스스로 저항할 수 없다. 노예들은 봉기했고, 피지배 민족은 독립운동을 했으며, 여성들과 성소수자들은 연대했다. 하지만 비인간 동물들은 그럴 힘조차 없다. 결국 동물해방운동은 인간에 의한 운동이어야 한다. 억압의 주체이자 동족인 인간들을 최대한 효과적으로 설득하는 것이 관건이다. 사랑하는 나의 가족과 친구들이 대학살에 연루되어 있다는 사실을 매일 자각하면서도 평정심을 잃지 않고 운동을 지속해야 한다. 인지부조화가 있지 않으면 인간 혐오가 도지기 십상이다.

인지부조화란 신념과 행동 간의 불일치를 뜻한다. 인간은 이러한 부조화를 없애기 위해 신념을 행동에 맞춘다. 동물을 좋아한다는 수많은 사람이 동물을 먹는 것도 인지부조화 때문에 가능하다. "사람은 고기를 먹어야 힘을 써", "고통 없이 죽었을 거야" 등 궁색한 변론으로 행동을 정당화한다. 잡식주의자들의 언행불일치를 비판하기에는 비건들 역시 인지부조화에서 자유롭지 않다. 신념에 따르면 당장 전국의 농장과 도살장을 습격해 억압받는 비인간 동물을 해방하고 잔학한 인간들을 처벌함이 옳다. 정육점과 고깃집과 횟집과 동물원과 실험실을 파괴해야 한다. 과거 동물해방전선이 일부 시도했던 대로 말이다. "만국의 비건들이여 단결하라!" 외치면서 잡식주의자들에 대한 무력투쟁을 선포하는 것이 신념과 일관된 행동일 것이다.

하지만 실제로 그렇게 하는 비건은 없다. 영업방해, 무단침입 등 비폭력 시민불복종을 하는 운동가들은 많지만 그것 또한 타협의 결과다. 만약 인간(예를 들어 어린이, 노인, 장애인 등 사회적 약자)을 감금, 착취, 도살하는 시설이 있다면 비폭력 평화주의로 일관할 것인가? 비인간 동물의 고통에는 이중잣대를 들이대는 것이 바로 종차별주의의 본질이다. 당장 고기 먹는 사람을 폭력으로 제압하지 않는 이상 우리 모두 인지부조화를 안고 살아갈 수밖에 없다. 나는 백종원 레시피로 치킨을 튀기는 소유진 씨 앞에서 웃는 얼굴로 방송을 마쳤고, 그것에 대해 일말의 가책도 느끼지 않았다. 오히려 비건 한국을 만드는 데 일조했다고 스스로 토닥였다.

그렇게 하지 않으면 지쳐서 나가떨어질 수밖에 없다. 비건 운동가는 번아웃(Burn Out)할 위험이 크다. 명절에 모인 가족과의 식사에서도, 직장 회식 자리에서도, 처음 만난 사람의 구스다운 재킷에서도 폭력을 마주하기 때문이다. 이상과 현실, 신념과 행동의 부조화를 인정할 용기가 필요하다. 절대적인 기준은 고수하되, 때에 따라 타협하는 것을 두려워하지 말아야 한다.

동물해방운동은 동물이 느끼는 고통의 총량을 줄이기 위한 것이지 비건의 도덕적 숭고함을 주장하기 위한 것이 아니다. 나의 신념과 행동 간의 일관성보다 중요한 것은 지금 이 순간에도 고통받는 동물들이다.

그 숫자를 최대한 빨리 줄이기 위해 우리는 가장 효과적인 방법으로 비건운동을 전개해야 한다.

토바이어스 리나르트는 세계 최초로 자신의 도시인 벨기에 헨트시가 주 1회 채식하는 날을 지정하는 데 큰 공을 세운 베테랑 운동가이다. 수십 년간 동물권운동을 하며 무기력증과 우울증을 겪기도 했다. 나는 '동물해방물결'과 '소식'의 동지들이 계속해서 건강히 운동했으면 하는 바람으로 이 글을 쓴다.

내가 번역, 출간한 토바이어스 리나르트의 『비건 세상 만들기』를 읽는 여러분은 짐작건대 각자의 여정에 따라 비건촌을 향해 오르고 있을 것이다. 비건 한국 만들기를 위해 가장 중요한 것은 여러분이 지치지 않는 것이다. 대한민국 5000만 인구가 모두 비건촌에 모여 사는 그날까지 끝나지 않을 고된 여정에 이 책이 유용한 길잡이가 되면 좋겠다. 책방 풀무질에서는 매달 첫 번째 금요일 동물권 읽기 모임을 진행한다. 운동가들 간의 지지와 연대가 필요하다면 언제든 참여하시길 권유한다.

군대 내 채식주의자의 권리 문제가 대두되고 있다. 내년 초 입대를 앞둔 정태현 씨는 "군대에서도 채식 식단을 보장해야 한다"고 국가인권위원회에 진정을 내기 위해 준비 중이다.(↓) 나는 동물해방운동의 동지로서 그를 2년 전부터 알았다. 정 씨는 내게도 전화를 걸어 군대 경험담을 물었다.

논산훈련소가 떠올랐다. 내게 채식이란 동물학살에 대한 보이콧이었는데 나의 소비와 상관없이 배급량이 정해져 있다는 사실에 무기력했다. 일주일쯤 지났을 때 너무 배가 고파 제육볶음을 먹었다. 5년 만이었다. 속이 매스꺼웠다. 그날 밤 나는 구토를 하며 의무실을 찾았다. 체질이 바뀐 것이다. 나는 스물두 살까지 고기를 즐겨 먹던 사람이었다. 채식을 한 이후로는 고기를 먹으려 해도 못 먹었다. 그 후 나는 음식을 거래했다. 전우들은 나를 "고기 주는 형"으로 기억했다. 사실상 밥만 엄청 먹었다.

(→) 국방부는 2019년 채식주의자 등 소수 장병을 위해 밥과 김, 채소, 과일, 두부 등 대체품목을 매끼 제공하고, 우유 대신 두유를 지급한다는 내용의 급식지원 관련 규정을 신설했고 2020년부터 반영한다고 밝혔다.

정태현 씨는 양심의 자유와 건강권을 위해 군대 내 채식 권리를 주장한다. 그러나 군 결정권자들의 공감을 얻을 수 있을지 의문이다. 우리 문화에서 육식과 남자다움의 연결 고리를 먼저 끊어내야 한다. 김밥천국 이모들도 "남자가 풀만 먹고 어떻게 힘을 써!" 하시는데, 대한민국의 수많은 중대장들과 주임원사들을 어찌 설득할 것인가?

나만 해도 군대에서는 채식이 힘들다고 타협했다. 비건 식단을 포기하고 유제품과 달걀을 먹는 베지테리언으로 살았다. 나는 카투사였다. 미군 부대는 자율 배식이고 샐러드 바도 있었다. 마음만 먹으면 충분히 비건으로 살 수 있었다. 하지만 나는 자위했다. "사람 죽이는 연습하러 와서 비건이 무슨 소용인가."

그러던 어느 날 장군님이 오셨다. 한-미 연합훈련 '을지 프리덤 가디언' 시찰차 주한미군 총사령관 브룩스 장군이 부대를 방문하신 것이다. 이 양반으로 말할 것 같으면 전쟁 발발 시 문재인 대통령보다 위에 있는 사람이었다. 최초의 흑인 주한미군사령관이기도 했다. 내가 만난 사람 중 가장 위용 있었다. 별이 네 개나 달려서 그랬나. 아무튼 대한민국 육군 병사가 상상할 수 있는 최고의 우두머리 수컷(알파 메일)이었다.

"장군님도 채식주의자셔." 여단장님이 귀띔해줬다. 얻어맞은 느낌이었다. "비건이십니까?" "응, 요즘 장군님들 다 건강 때문에 비건 식단을 드시더라고. 반달 장군님도 비건이셔." 사단장님도 비건이었다니.

핑계가 없었다. 장군님들도 비건인데 내가 베지테리언일 수 없었다. 군인의 목적은 살생이 아니라 생명 보호였다. 채식의 정신과 같았다. 다음 날부터 나는 비건으로 살았다. 몇 달 뒤 해방촌 비건 식당에서 브룩스 장군을 마주쳤을 때는 뜨거운 전우애마저 느꼈다.

서양에서는 이미 채식과 남자다움의 관계가 재정립되고 있다. <터미네이터>의 아널드 슈워제네거는 비건 식단이 운동선수에게 주는 이점을 정리한 다큐멘터리 <게임 체인저스>를 제작했다. 브래드 피트와 <조커>의 호아킨 피닉스, <스파이더맨>의 토비 맥과이어 모두 비건이다. 폴 매카트니는 "비거니즘이 새로운 로큰롤"이라고 정의했다. '라디오헤드'의 톰 요크, '레드 핫 칠리 페퍼스'의 앤서니 키디스 역시 비건이다.

대한민국에도 채식주의자 장군, 비건 '알파 메일'들이 등장할 때가 됐다(올해 임명된 이스라엘 방위군 참모총장 코하비 장군도 비건이다). '남자다움' 자체를 해체하는 게 옳지만, 남자만 군대를 가야 하는 한국 현실에서는 당장 피하기 힘든 개념이다. 과연 개를 '개 패듯이' 패서 잡아먹는 게 남자다운가, 아니면 고릴라처럼 풀만 먹는 게 남자다운가. 막강한 힘을 갖는 것보다 그 힘으로 무엇을 하는지가 더 중요하다. 채식주의자 장군님이 멋진 이유다.

김밥천국에 들어가서 외쳤다. "사장님, 김밥에 햄이
랑, 계란이랑, 오뎅이랑, 맛살이랑 빼고 야채만, 야채
만 넣어 주세요." 김밥 마는 이모님이 놀라서 물었다.
"아니 그러면 시금치랑 우엉만 들어가서 맛이 없을
텐데? 왜, 고기를 안 드시나?"
"네, 그냥 그렇게 두 줄 주세요."
이모님은 반자동적으로 김 위에 밥을 펼치며 혀를
찼다.
"아니 그래도 남자가 고기를 먹어야 힘을 쓰지."

진심으로 걱정하시는 눈치였다. 나는 배도 고프고 귀
찮아서 별 대구 안 했다. 아저씨가 젊은 여성에게 "아
니 그래도 여자가 고기를 먹어야 힘을 쓰지" 했으면
굉장히 폭력적인 상황이었겠지만, 나는 이모님의 발
언에 별다른 위협이나 수치심을 느끼지 않았다. 만약
내가 매력적이라고 생각하는 또래 여성이 같은 말을
했다면 어떻게든지 오해를 풀려고 했을 것이며, 잡식
주의 남성이 그랬다면 핏대를 세우며 모르는 소리 하
지 말라고 했을 것이다. 하지만 나는 그저 배를 채울
김밥이 필요했기에, 젓가락이나 단무지도 받지 않고
곧장 호일을 벗겨 김밥을 입에 물었다.

육식과 남성성의 신화는 여전히 세계를 지배한다. 그중에서도 "개고기가 정력에 좋다"는 미신이 건재한 대한민국에서는 특히 심하다. 사실 비거니즘이 정력에 좋다면 더 좋다. 원리는 간단하다. 정력이란 곧 발기요, 발기란 혈액순환이다. 육식이 모든 심장혈관 질환의 원인이라는 건 다 아는 사실이다. 완전채식은 피를 맑게 한다. 넷플릭스 다큐멘터리 <게임 체인저스>를 보면 실험 결과가 나온다. 저녁 한 끼만 비건으로 먹어도 그날 밤 발기의 빈도와 크기가 달라진다. 육식은 피를 탁하게 만들기 때문에 오히려 정력에 안 좋다.

그러나 "남자가 고기를 먹어야 힘을 쓰지"라는 말에 깔린 남성성이란 단순히 정력만의 문제는 아니다. 덩치와 공격성도 포함한다. 일단 채식하면 비리비리하다는 편견이 있다. 근거 없는 이야기다. 비건 보디빌더도 많다. 코끼리, 고릴라, 황소 다 채식한다. 뭐든지 많이 먹으면 살은 찌는 법이다. 단백질이 부족하지 않냐는 걱정도 있는데, 식물성 단백질로 충분하다. 공격성의 문제는 좀 다르다. 육식동물일수록 더 공격적인 것이 사실이다. 인간도 고기를 많이 먹을수록 폭력적인지는 모르겠다. 만약 공격성이 남성성의 필수조건이라면 그런 남성성은 부정하고 싶다. 난 사자보다 코끼리가 더 멋지다.

물론 여성과 남성의 이분법을 타파하고 남성성이라는 개념 자체를 해체하는 것이 옳다. 하지만 동물해방운동가로서 대한민국의 현실에 맞서다 보면 그러한 당위성은 힘을 잃는다. 당장 동물들의 고통을 줄이기 위해서는 한 명이라도 더 채식주의자로 만들어야 한다. 원인이나 과정은 별로 중요하지 않다. 고기 소비가 줄어드는 결과가 중요하다. 그런데 오늘날 비건들의 80퍼센트는 여성이다. 평균적으로 남성이 음식 소비량도 더 크다는 걸 고려할 때 이러한 성비 불균형은 비건운동의 큰 난관이다.

남자들은 왜 고기를 끊지 못할까? 나는 유전보다 환경의 영향이 크다고 생각한다. 여성의 공감 능력이 원래 더 뛰어날 수도 있겠지만 육식과 남성성을 결부하는 사회적 분위기가 큰 몫을 한다고 본다. 그 연결고리를 끊어내야 한다.

한국 대중에게도 채식과 남성성을 결합하는 장치가 필요하다. "남자가 고기를 먹어야 힘을 쓰지"라는 명제가 거짓이라는 사실을 각인시킬 인물이 나와야 한다. 임수정, 김효진, 이효리 등 채식을 한다고 알려진 연예인들은 대부분 여성이다. 김제동이 비건이지만 전통적인 의미에서 남성성이 부각되는 인물은 아니다. 만약 마동석이 비건이 된다면 동물권 운동에 큰 도움이 될 것이다.

작가 이슬아는 얼마 전 해방촌으로 나를 찾아와서 원고를 청탁했다. 비거니즘을 위한 목소리를 내주어서 고맙다는 말과 함께, 그런 남자가 참 희귀하다는 안

타까움을 덧붙였다. 수염 난 록커가 채식주의자라는 사실을 놀랍게 여기는 경우가 많다. 하지만 사랑과 평화를 노래하면서 동물을 먹는 것은 모순이다.

방송에서 '채식 전도사'로 알려지는 것이 반드시 즐거운 일은 아니다. 나는 윤리적 이유로 채식을 주장하기 때문에 불편하다는 반응이 많다. 요즘은 음악보다 비거니즘 관련 활동을 하는 데 시간을 더 많이 쓰고 있다. 글을 기고하고 책을 번역한다. 동물당 창당도 준비 중이다. 이러다 가수가 아니라 완전히 운동가가 돼버리는 게 아닌가 싶다. 의미 있는 일보다 재미있는 일을 해야지, 하다가도 고통받는 동물들과 고생하는 동지들을 생각하면 베짱이 노릇만 할 수가 없다. 두부 먹고 힘내서 조금이라도 더 시끄럽게 비거니즘을 떠들어야 한다. 비건 남성 가수라는 틈새를 활용해서 TV, 라디오, 유튜브 한 꼭지라도 더 따내야 한다. 한국인의 무의식 속에 채식과 남성성을 조금씩 이어나가야 한다.

존경하는 이슬아 동지가 내게 원고를 부탁했을 때, 나는 「일간이슬아」 독자 분들께 어떻게 읍소를 해야 대한민국에 더 많은 비건을 만들고 더 많은 동물을 살릴 수 있을지 고민했다(효과적인 비건 운동을 위한 실용주의에 관해서는 나의 최근 역서 『비건 세상 만들기』를 추천한다). 페미니즘과 비거니즘에 대한 관심이 높은 독자분들이 많으리라 짐작했다. 나는 2016년 어느 일간지에 '여성주의와 채식주의'라는 제목의 칼럼을 기고했다가 된통 혼난 적이 있다. 페미니즘과 비거니즘이 같이 가야 한다는 주장이었는데, 웬 상투를 튼 남정네의 맨스플레인이 되어버렸다. 밴드 이름이 '양반들'인 것도 유교 냄새가 풍겨서 도움이 안 됐다. 극소수의 비건 페미니스트, 에코 페미니스트들만이 나를 옹호해주었다. 이듬해 '동물해방물결'을 발족했고, 3년이 지난 오늘은 페미니즘과 비거니즘의 교차성과 연대성을 설파하는 분들이 주위에 많아졌다. 이슬아 작가가 '동물해방물결'에 거액을 후원해준 날, 나는 뜨거운 동지애를 느꼈고 역사 진보에 대한 신앙을 굳건히 했다.

이제 페미니스트가 아니면 솔직히 좀 이상한 세상이 되었다. 2016년 강남역 살인사건 이후로 일련의 사회적 논의가 이어졌고, 물론 갈 길이 멀지만 적어도 누구나 성평등과 페미니즘을 이야기한다. 유의미한 진보다. 하지만 종평등과 비거니즘은 아직 너무나도 낯설다. 대한민국에서만 매일 닭 250만 마리, 오리 16만 마리, 돼지 5만 마리, 개 3000마리, 소 3000마리가 살해당한다. 인간종에 속하지 않았다는 이유만으로 그들의 고통은 철저히 외면받는다. 우리는 소젖을 먹기 위해 소를 강간하고 닭 알을 먹기 위해 닭을 감금하며, 수송아지와 수평아리를 학살한다. 당장 멈추어야 할 야만이다.

가부장제와 육식주의는 모두 '남성성의 신화'가 지탱한다. 그리고 군대, 기업, 언론 등 대한민국 사회 곳

곳에는 이 남성성이라는 바이러스가 번식하는 숙주들이 자리 잡고 있다. 우리는 다 같이 힘을 모아 그 숙주들을 파괴해서 전염을 막아야 한다.

"남자가 고기를 먹어야 힘을 쓰지"를 "여자가 고기를 먹어야 힘을 쓰지"로 바꿀 것인가, "남자가 고기를 끊어야 힘을 쓰지"로 바꿀 것인가. 종국에는 "사람이 음식을 먹어야 힘을 쓰지" 정도의 당연하고 무의미한 문장만 남을 것이다. 김밥천국에서 '젠더프리'한 상태로 '크루얼티프리'한 김밥을 맘 편히 먹는 목요일을 상상해본다.

그레타 툰베리의 외침에 전 세계가 깨어나고 있다. 열여섯 살 스웨덴 소녀는 탄소 배출 없는 배를 타고 미국 뉴욕 유엔본부에 가서 세계 지도자들을 다그쳤다. "우리는 집단 멸종의 기로에 서 있는데, 여러분은 오직 돈과 영구적인 경제성장에 관한 동화 같은 이야기만 늘어놓고 있습니다. 어떻게 감히 그럴 수 있습니까."

기후 위기는 세대 문제다. 과학자들이 예측하는 종말론적인 시나리오가 닥쳤을 때, 아마 지금의 위정자들은 대부분 죽고 없을 것이다. 트럼프와 시진핑이 남긴 지구에, 나와 툰베리가 살아야 한다.

"모든 미래 세대의 눈이 여러분을 바라보고 있습니다."

툰베리는 '지구'라는 집의 안보를 위협하는 '기후 악당'들에게 최후통첩을 보냈다.

2019년 9월 21일 서울 혜화동에서 기후 위기 비상행동이 열렸다. 툰베리의 부름에 응답한 시민 5000여 명이 대학로를 가득 메웠다. 그날 단상에는 환경운동가부터 종교인까지 각계각층의 인사들이 올라 탄소 배출량 감축을 논했다. 주로 석탄발전소를 없애자는 이야기였다. 기후행동의 아이콘, 툰베리에 대한 헌사도 가득했다. 나는 누가 언제쯤 채식을 강조할까, 기다렸다. 그러나 마이크를 잡은 그 누구도 기후 위기를 극복하는 가장 확실한 방법 중 하나가 바로 축산업 철폐라는 사실을 말하지 않았다.

그레타 툰베리는 비건(완전채식주의자)이다. 그는 회의적이었던 자신의 부모에게도 채식을 강요했다.

"그들이 죄책감 들게 만들었어요. (…) 당신들이 우리의 미래를 훔쳐가고 있고 그런 생활양식을 유지하는 한 인권을 지지할 수 없다고 계속 말했어요."

비행기를 타지 말라고 했고, 전기자동차로 바꾸라고 했다. 기업가들과 정치가들에게 변화를 요구하기 전에 자신의 가족부터 고친 것이다. 비행기와 자동차는 화석 연료를 태우니까 나쁘다. 그렇다면 채식은 왜?

과학자들은 한목소리를 낸다. 풀을 고기로 만드는 것은 석탄을 에너지로 만드는 것처럼 매우 많은 탄소를 배출한다. 가축, 특히 소가 배출하는 메탄 때문이다. 메탄은 20년 동안 이산화탄소의 84배에 이르는 열을 가둔다. 유엔식량농업기구에 따르면 현재 탄소 배출량의 14.5퍼센트는 축산업에서 나온다. 모든 교통수단에서 발생하는 양을 더한 것보다 많다. 영국 옥스퍼드대의 조지프 푸어는 지난해 「사이언스」에 기고한 논문에서 이렇게 정리했다. "비건 식단은 아마 지구에 대한 당신의 영향을 가장 크게 줄이는 단 하나의 방법일 것이다. (…) 비행기 여행을 줄이거나 전기차를 사는 것보다 훨씬 크다."

에너지 효율의 입장에서 봐도 육류와 유제품은 엄청난 낭비다. 축산업의 본질은 식물을 동물에게 먹여서 그 동물을 인간이 먹는 것이다. 이것은 당연히 식물을 바로 인간이 먹는 것에 비해서 훨씬 비효율적이다. 소, 돼지, 양 등은 풀에서 섭취한 에너지의 극히 일부만 유지하고 나머지는 열로 배출한다. 소고기의 에너지 효율은 8퍼센트 미만이다. 전 인류가 채식을 한다면 농지 면적도 현저히 줄어들 것이다. 개간으로 황폐화된 땅을 다시 녹지로 살릴 수도 있다.

나도 툰베리의 부모처럼 7년 전 죄책감으로 채식을 시작했다. 소고기, 돼지고기, 닭고기, 해산물, 유제품의 차례로 끊었다. 쉽지 않았다. 그러나 불가피했다. 폐암 환자가 살기 위해 담배를 끊듯이 고기를 끊었다.

채식은 더 이상 시혜적 차원의 윤리 문제만이 아니다. 생존의 문제다. 기후 위기에 맞서 인간 종을 보전하기 위한 투쟁 방식이다. 한시가 급하다. 소고기 좀더 먹겠다고 아마존을 불태우고 있을 때가 아니다. 지난 세기 동안 가축에게 저질렀던 만행이 부메랑이 되어 우리를 사지로 내몰고 있다. 멸종하기 싫으면 탈육식하라. 그것이 툰베리의 경고를 오롯이 받아들이는 일이다.

이번 겨울은 유난히 따뜻했다. 눈도 거의 안 왔다. 설날에 뵌 어머니는 이상하다는 듯이 말씀하셨다. "옛날에는 구정에 추워서 설빔해 입고 그랬는데 요즘은 완전 봄 날씨네." 화천 산천어 축제, 평창 송어 축제 등도 얼음이 안 얼어서 한참 연기되었다. 동물 학살을 오락으로 즐기는 축제가 사라졌으면 좋겠지만, 한편으로는 기후 위기가 피부로 느껴져 두렵다.

2019년 가을에 시작한 호주 산불은 2020년 2월이 돼서야 진화됐다. 산불은 원래 주기적으로 발생하지만, 온난화가 그 빈도와 강도를 부채질하고 있다. 10억 마리의 동물이 죽었다. 불에 그을린 캥거루의 모습은 지옥 같다.

툰베리는 올해도 다보스에 가서 외쳤다. "우리 집이 불타고 있어요!" 집에 불이 나면 어찌해야 하는가? 모든 일을 멈추고 불부터 꺼야 한다. 좌우 논리는 무의미하다. 집이 다 무너지게 생겼는데 밥을 어떻게 짓고 어떻게 나눠 먹을지가 무슨 소용인가? 툰베리는 세대 간의 전쟁을 선포했다. 지속 불가능한 지구를 물려준 기성세대를 절대 용서하지 않겠다. 우리는 제6차 대멸종을 목도하고 있다. 시간이 없다. 지금 당장 탄소 배출을 멈추지 않으면 10년 안에 불가역적인 연쇄반응이 일어날 것이다.

트럼프는 종말론적인 헛소리라며 비웃었다. 미국 재무부 장관 므누신은 툰베리에게 학교 가서 공부나 더하고 오라고 했다(툰베리는 열일곱 살이고, 청소년 기후행동의 일환으로 동맹 휴학을 제안했다). 하지만 과학자들은 툰베리 편이다. 사실 그들은 수십 년 전부터 한목소리였다. 이대로 가면 큰일 난다고 꾸준히 경고했다.

2015년 파리협정은 지구의 평균 온도 상승 폭을 산업화 이전 대비 1.5도 이하로 제한하기로 했다. 2018년 기후변화에 관한 정부 간 협의체(IPCC) 보고서에 따르면 앞으로 이산화탄소를 420기가톤 더 방출하면, 1.5도 상승을 막을 수 있는 가능성이 67퍼센트였다. 그런데 2019년 인류는 또다시 역사상 최대 탄소 배출량을 경신했다. 1.5도까지 남은 탄소 예산은 급격히 소진되고 있다.

만약 2도가 올라가면 그 여파는 어마어마하다. 해수면이 5센티미터 높아지고, 더운 날이 25퍼센트 증가한다. 대한민국은 아열대 기후가 되고, 호주 산불 같은 기후 재앙은 일상이 된다. 사실상 이미 막기 힘들어 보인다. 이제는 3~5도 상승도 불가피하다는 말이 나온다. 묵시록 같은 이야기가 과학의 언어로 들려오니 처음에는 감흥이 없다가 점점 섬뜩해진다.

역사를 공부하면서 배운 게 한 가지 있다면, 종말론은 믿지 말라는 것이다. 기독교의 천년왕국설부터 마르크스의 공산주의까지, 역사의 끝이 닥쳐온다는 호들갑은 늘 거짓으로 판명됐다. 당시에는 선지자가 아무리 카리스마 있게 대중을 현혹하고 공신력 있는 성직자들이 뒷받침한다 해도, 후대에 돌이켜보면 종말론은 언제나 우습기 마련이다.

그런데 과학자들이야말로 오늘날의 성직자요, 툰베리는 스웨덴에서 온 메시아 아닌가. 기후운동은 멸망의 공포와 천지개벽을 파는 또 하나의 급진 세력일 뿐이라고 자위해보지만 전혀 안심이 되지 않는다. 종말론에 대처하는 방법은 두 가지다. 부정하고 평소처럼 살거나, 긍정하고 구원을 찾거나. 나는 구제받을 희망이 보이지 않지만, 기후 위기를 부정할 용기도 없다. 아, 말세로다.

뭐라도 해본다. 비거니즘을 실천하고, 디젤차를 전기차로 바꿔본다. 혼자 이러는 게 무슨 의미가 있을까. 총선 공약을 들여다본다. 1인당 온실가스 배출 세계 4위, '기후 악당' 국가답게 여야 막론하고 시원한 대책이 없다.

툰베리의 말처럼 청년들이 나서야 한다. 멸종반란 운동이 전 세계로 퍼지고 있다. 책방 '풀무질'에서도 멸종반란을 개시한다. 일단 모여서 암담한 우리의 미래를 직시하자.

준연동형 비례대표제가 도입되면서 여의도 문턱이 낮아졌다. 이제 70만 표만 얻으면 국회에 입성한다. 다양한 소수 정당이 목소리를 낼 토양이 만들어진 것이다. 실제로 21대 총선을 앞두고 정당이 많이 탄생했다. 기본소득당, 규제개혁당, 여성의당, 페미당 등 의제 정당들이 당당히 도전장을 내밀었다. 녹색당, 노동당 등 원외 군소정당이 의석을 확보할 가능성도 커졌다. 한국 진보정당들의 숙원사업이었던 유럽식 다당제가 한 걸음 가까워졌다.

동물권 단체들 사이에서도 동물당이 필요하다는 이야기가 나왔다. 한국에서는 '동물당'이라는 말이 일종의 패러디처럼 들릴 수 있지만, 유럽에서는 그렇지 않다. 2002년 네덜란드 동물당이 탄생한 이후 영국, 프랑스, 스페인, 포르투갈, 벨기에, 핀란드 등 유럽 14개 국가를 비롯해 전 세계 총 19개의 동물당이 생겨났다. 네덜란드 동물당은 현재 하원 150석 중 4석, 상원 75석 중 3석을 차지하고 있을 정도로 두각을 나타낸다.

스페인 동물당은 민족문화인 투우를 동물권 논리로 반대하며 지지를 넓혀왔다. 2015년 상원의원 선거에서는 5000만 인구 중 100만 표 이상을 얻었지만, 선거법 문제로 의석을 확보하지 못했다. 대한민국 동물당은 70만 표만 얻으면 되니, 마찬가지로 민족문화인 개고기 문제를 공격하면 승산이 있지 않을까? 마냥 허황된 기대는 아닌 것 같았다.

인간 문제도 산더미 같은데 동물당은 시기상조라고 할 수도 있다. 똑같은 논리로 기성 정치권은 여태껏 여성 문제, 성소수자 문제, 청소년 문제, 장애인 문제 등을 외면했다. 동물권 단체는 여의도에서 무시당하는 것에 익숙하다. 몇몇 동물복지·동물애호 단체들처럼 육식주의를 용인하지 않으면 애초에 협상 테이블에 앉을 수도 없다. 페미니스트를 표방하는 국회의원은 있어도 비건 국회의원은 없다. 심지어 녹색당에서도 비건은 소수다. 날마다 닭 250만 마리, 오리 16만 마리, 돼지 5만 3000마리, 개 3000마리, 소 3000마리를 식용으로 도살하는 나라에서 '시기상조'란 말은 무색하다. 일상적 대학살을 하루라도 빨리 끝내야 한다.

'동물해방물결', '시셰퍼드 코리아', '동물의 권리를 옹호하는 변호사들' 등은 진지하게 동물당 창당을 논의했다. 나는 네덜란드 동물당에 전화를 걸어 연대를 표시하고 지원을 약속받았다. 아시아 최초의 동물당이 탄생할 것이라는 소식에 오래 기다렸다는 듯 한층 고무된 목소리였다. 우리는 일사불란하게 주변 비건들을 중심으로 창당준비위원회 발기인을 모았다. 당사를 정하고 강령을 작성했다. '동물당 매니페스토'라는 제목의 전시회도 기획했다. 발기인 대회를 치르고 선관위에 신고만 하면 되었다.

그러다 지난주, 일단 보류를 결정했다. 4월 15일 총선에 후보를 내려면 시간이 너무 촉박했다. 뒤늦게 시작한 탓도 있었고, 코로나 때문에 모집 활동에 제약이 컸다. 섣불리 할 일은 아니었다. 총선에 얽매이지 않고 최선의 방식으로 최대한 빨리 창당하기로 했다. 전시회를 진행하면서 여론을 더 모으기로 했다.

대한민국에는 인간 동물 5000만 명뿐만 아니라 농장 동물 1억 9000만 마리, 반려동물 874만 마리, 실험동물 373만 마리가 살고 있다. 비인간 동물은 엄연한 대한민국 사회의 일원이다. 그들은 인간이 만든 자본주의 체제에 강제로 편입되어 착취당하고, 학대당하고, 강간당하고, 학살당하고 있다. 사회적 약자를 대변하는 것이 진보정당의 사명이라면, 오늘날 대한민국의 어느 정당도 그 역할을 제대로 못 하고 있다. 동물당은 말 못 하는 이들의 고통을 말하는 정당이 될 것이다. 가장 급진적인 정당이 태동하고 있음을 알리는 바이다.

코로나는 각국의 위기관리 능력에 대한 시험이었다. 성적표는 분명하다. 서양은 실패했고 동양은 선방했다. 미국이 꼴등이고 한국은 우등생이다. 어쩌다 이렇게 된 걸까.

한국의 비결은 민주주의다. 세월호 사건은 위기관리 체제의 파탄을 증명했다. 성난 민중은 민주적으로 정권을 교체했다. 그렇게 탄생한 문재인 정부는 투명하고 민첩하게 위기에 대응했다. 박근혜 재임 당시 코로나가 터졌다면 어땠을까. 불통이 재난을 키웠을 것이다. 국민이 주권 행사를 통해 국가를 견제하여, 그 존재 이유인 생명 보호를 수행하도록 했다. 민주주의는 국가로 하여금 국민 말을 듣게 한다.

그런데 서양이야말로 민주주의의 원조 아닌가. 그들이 패배한 원인은 무엇일까. 자유주의다. 신자유주의 경제 체제의 모순도 있지만, 그보다 자유주의적 정치 문화의 영향이 크다. 영국 총리 보리스 존슨이 집단 면역을 들먹이던 때부터 알아봤다. 코로나 환자가 있는 병원에 가서 "모두와 악수를 했다"며 자랑하던 존슨은 몇 주 뒤 확진 판정을 받고 중환자실에 들어가 죽을 고비를 넘겼다. 악수를 하거나 마스크를 쓰거나의 문제는 "각자에게 달렸다"는 식의 방임적 태도가 화근이었다.

트럼프는 더하다. 민주당 주지사들이 펼치는 봉쇄 정책을 비꼬며 지지자들에게 "미시간을 해방하라! 미네소타를 해방하라! 버지니아를 해방하라!" 선동했다. 실제로 시민들은 총기로 무장하고 광장에 나와 "사회적 거리두기는 공산주의다", "자유가 아니면 죽음을 달라" 따위의 구호를 외쳤다. 독립운동가 패트릭 헨리의 혁명적 외침이 250년 뒤, 타인의 목숨을 담보로 나의 자유를 누리겠다는 투정으로 둔갑했다. 미국은 확진자 80만 명, 사망자 4만 5000명이 넘었지만, 그래프가 꺾일 기미가 안 보인다.(↓)

자유주의의 본질은 말 안 듣는 국민을 국가가 내버려두는 것이다. 영국 귀족들이 왕의 말을 안 듣기로 한 것이 1688년 명예혁명이고, 그 나라 식민지 백성들이 본국의 말을 안 듣기로 한 것이 1775년 미국혁명이다. 영미권에는 국가의 이익보다 개인의 자유가 우선이라는 믿음이 뿌리 깊다. 자유주의는 평시에는 인권 보장을 위해 유용하지만 전시에는 비효율적이다. 코로나 위기에 일사불란하게 대처할 수 없다.

반면 한국인은 말을 잘 듣는다. 매주 정해진 날에 긴

(→) 2020년 11월 21일 기준 미국의 코로나19 누적 확진자 수는 1200만 명이 넘었으며 사망자는 26만여 명에 달한다.

줄을 서서, 마스크를 사고, 부지런히 쓰고 다닌다. 확진자라는 이유만으로 일거수일투족이 알려져도 불평하지 않는다. 사생활 공개로 인한 권리 침해보다 공중보건이 훨씬 중요하기 때문이다. 미국에서는 봉쇄 정책이 싫다고 총을 들고 나다니는 마당에 한국에서는 자가격리자가 답답해서 잠깐 나왔다가 체포된다. 국가가 전 국민의 생체정보를 감시하고, 동선을 통제하며, 자의적으로 공개한다. 자유주의적 원칙을 유보한 것이다.

100년 전 대공황 때도 자유주의의 위기가 도래했다. 재난 상황에는 국가의 행정력과 통제력이 중요해지고, 개인의 자유는 뒷전이 된다. 그리고 그것이 마땅하다. 하지만 자유의 보류가 익숙해지는 경험이 축적되면 위험하다. 코로나는 대공황보다 이미 심각하다. 장기화할 것이다. 우리는 코로나 이후의 자유주의를 생각하며 국가에 대한 경계의 끈을 놓치면 안 된다.

민주주의와 자유주의의 모순을 명심하자. 전자는 국가가 국민의 말을 듣는 것이고 후자는 국민이 국가의 말을 안 듣는 것이다. 둘은 엄연히 다르고 충돌한다. 자유민주주의란 둘의 균형을 잡는 과정이다. 대한민국은 이제 명실공히 민주주의 모범국이다. 하지만 진정한 자유주의적 문화를 가져본 적은 없다고 생각한다. 정부의 선진적인 방역 정책에 협조하되, 코로나 이후 되찾을 자유, 쟁취할 자유를 끝없이 갈망해야 할 것이다.

설악이는 개다. 작년, 천안의 도살장에서 구출됐다. 발가락이 하나 없었고, 다리뼈가 드러나 있었다. 설악이는 원래 고기가 될 운명이었다. 매년 100만 마리의 개들이 그렇게 짧고 고통스러운 생을 마감한다. 설악이는 운이 좋았다. 다섯 번의 수술을 통해 되살아났다. 가족도 생겼다. 이제는 여느 반려견처럼 산책도 하고, 간식도 먹고, 재롱도 부리며 산다.

지난 수요일, 복날을 앞두고 설악이가 청와대에 갔다. 문재인 대통령에게 편지를 전했다. 개 도살 금지를 촉구하는 공개서한에는 국내외 인사들의 서명과 함께 설악이의 발도장도 찍혀 있었다. 편지 내용을 이해시키고 지장을 찍은 것은 아니다. 그러나 개 농장에 남은 동족을 살려달라는 목소리에 설악이도 공감하리라 믿는다. 말 못 하는 동물도 눈빛을 보면 무엇을 원하는지 알 수 있다. 도살장에서 발견된 설악이는 조용히 외치고 있었다. "살려주세요." 남자만 보면 무서워서 벌벌 떨더니 청와대 앞에서는 경찰 아저씨가 만져도 짖지 않았다. 대견했다. 죽어가는 개들을 대표하는 걸 알기나 할까.

청와대 안에는 문재인 대통령의 반려견 토리가 살고

있다. 설악이와 토리는 무엇이 다를까. 왜 하나는 고기가 될 뻔했고, 하나는 '퍼스트 도그'가 되었을까. 대한민국에서 개 식용산업의 울타리 안팎은 천지 차이다. 이름이 있고 없고의 차이이기도 하다. 설악이는 생지옥에서 살아남았기 때문에 이름을 얻었다. 그래서 내가 기억하고, 기록한다. 하지만 이름도 없이 사라지는 개들이 수없이 많다. 모두 설악이가 될 수 있었다. 행복할 수 있었고, 행복하고 싶었지만, 입맛과 미신을 위해 학살된 설악이들.

설악이와 토리, 식용견과 반려견, 개고기 산업 안과 밖은 생사의 경계다. 하지만 그 경계는 모호하다. 사실 토리는 유기견 출신이다. 토리 같은 유기견, 반려견이 농장에 넘어가기도 하고, 설악이 같은 농장 개가 반려견이 되기도 한다. 먹기 위한 견종, 사랑하기 위한 견종이 따로 있지 않다. 인종차별만큼 견종차별도 임의적이고 모순적이다.

2020년 기준, 반려동물 인구가 1500만 명에 육박하는 대한민국은 세계 유일의 개 식용산업국이다. 개는 법적으로 반려동물이자 가축이다. 하지만 축산물위생관리법에는 빠져 있다. 난장판이다. 동물보호법상 개를 "잔인하게" 죽이면 안 된다. 가축이기 때문에 농장에서 기를 수는 있지만, 식품이 아니기 때문에 적법한 도축 과정이 없다. "개 패듯이" 때려 죽이고, 목 졸라 죽이는 것은 모두 동물보호법 위반이다. 올해 대법원은 전기도살도 위법이라고 판결했다. 이제 사실상 합법적인 식용 개 도살은 없다. 그러나 정부가 규제할 의지가 없기 때문에 개 식용산업이 존속한다.

청와대는 국민적 합의가 우선이라며 회피한다. 합의하자. 개는 가축인가 반려동물인가? 하나만 하자. 둘다 일 수는 없다. 육견협회가 바라는 대로 개를 소, 돼지, 닭처럼 축산물로 관리할 수도 있다. 그러면 반려인들이 가만있지 않을 것이다. 반대로 개를 가축 목록에서 삭제하고 반려동물로 지위를 통일할 수 있다.

개만 먹지 말자는 게 아니다. 개부터라도 먹지 말자는 것이다. 설악이와 함께 청와대로 간 시민들은 거의 채식주의자다. 설악이와 토리가 같다면, 개, 돼지, 소, 닭도 같다. 동물권 운동의 최대 과제는 동물에 대한 인지부조화를 없애는 것이다. 사람들은 대부분 동물을 좋아하지만 동물을 먹는 것도 좋아한다. 식탁위의 고기가 이름 있는 개별적 실체로 다가오지 않기 때문이다. 개에 대해서는 한국인의 인지부조화가 극심해져서 국가가 아예 법적으로 일관되기를 포기했다.

다시 한번, 설악이가 토리의 반려인 문재인 대통령에게 묻는다. 나는 당신의 친구입니까, 고기입니까? 당신이 사랑하는 토리와 나는 무엇이 다릅니까?

동물해방운동의 역사는 길지 않다. 1976년 영국에서 동물해방전선(Animal Liberation Front, ALF: 이하 동해전)이 발족했다. 이후 1980년대 미국에도 동해전이 생겨났고, 펜실베이니아와 캘리포니아 대학의 실험실들을 대대적으로 습격했다. 잠입 또는 침입해서, 동물들을 해방하고, 언론에 폭로하는 식이었다. 이때까지만 해도 대학과 기업의 실험실 보안은 치밀하지 않았다. 처벌 법규도 미비했다. 봉준호 감독의 영화 <옥자>에 나오듯이, 동해전은 제도권에 맞서 고통받는 동물을 구원하는 의적 활동을 일삼았다. 혁명적인 시기였다. 크리스 드로즈는 미국 서부 동해전의 대변인 역할을 했다. 직접 행동에도 참여했다. 그는 젊었고, 동물해방운동도 아직 초창기였다.

제도권은 곧 반격했다. 보안과 법규를 강화했다. 9.11 이후 테러와의 전쟁을 선포한 미국 정부는 동해전을 알카에다와 팔레스타인해방기구와 같은 수준의 극단적인 테러리스트 단체로 규정했다. 동해전 활동가들은 지금도 신분을 숨기고 산다. 테러리스트는 공소시효가 없기 때문에 언제든지 과거의 활동이 드러나면 처벌받을 수 있다. 크리스는 동해전 관련 이야기를 할 때 항상 조심스럽다. 감옥에 네 번이나 갔다 왔지만, 폐소공포증 때문에 다시는 감옥에 가기 싫다고 한다. 나는 그의 눈에서 두려움과 자부심을 동시에 보았다.

2017년 말, 이지연과 윤나리가 동물권 단체를 만든다고 했을 때, 우리는 '동물해방'을 기치로 내걸자고 했다. 그때까지 한국에는 동물복지, 동물보호단체는 많아도, 동물해방을 말하는 단체는 없었다. 여성해방과 여성보호의 차이를 생각하면 단적으로 알 수 있다. 둘은 철학과 계보가 완전히 다른 운동이다. 약자의 복지와 보호를 주장하는 것은 보수적이고 시혜적인 행위다. 권리와 해방을 주장하는 것이야말로 모든 진보운동의 기본이다. 비로소 대한민국에도 진보적인 동물운동이 뿌리내리기를 바랐다.

'동물해방'은 정했지만, 뒤에 붙을 이름이 문제였다. '전선'은 불가했다. 합법적인 단체여야 했다. '연대', '연합', '협회', '네트워크' 등 일반적인 선택지가 많았지만, 자칫하면 고리타분할 것 같았다. 그때 윤나리가 '물결'을 제안했다. 시작은 미약해도 물결이 모여 거대한 변화의 파도를 일으킬 거라고 했다. '동물해방물결', 줄여서 '동해물'도 정감이 갔다. 그리하여 동물해방운동은 40여 년 만에 영국에서 대서양을 건너 미국으로, 다시 태평양을 건너 한국으로 넘어왔다.

태평양의 가교 역할을 해준 것이 크리스였다. 동물을위한마지막희망(Last Chance for Animals: LCA)

은 동물해방물결의 자매단체로서 물심양면의 지원을 아끼지 않았다. 크리스는 운동의 선배로서, 동지로서 조언해주고 이끌어주었다. 배우에서 운동가로 거듭난 그의 인생은 가수이자 운동가로 살고 있는 나에게도 귀감이 되었다. 무엇보다 그는 한국의 운동이 미국뿐만 아니라 전 세계의 운동과 하나임을 상기시켜주었다. 재작년 복날, 광화문 앞에서 한 그의 연설을 기억한다. 평생 미국 내 반려동물 절도단과 싸워온 그는 한국의 개고기 문제가 한국만의 문제라고 생각하지 않았다. 브리지트 바르도와 달랐다.

"우리나라 미국에서는 얼마 전까지만 해도 인종이 다르다는 이유로 인간을 재산처럼 소유하고, 착취하고, 살상하는 것이 용인되었습니다. 지금 우리가 종이 다르다는 이유로 동물을 재산처럼 소유하고, 착취하고, 살상하는 것도 후대에는 똑같이 야만스러운 과거로 여겨질 것입니다."

개가 돼지고 닭이고 소이고 인간인 것이다. '개만', '한국만'이 아닌 '개부터', '한국도'로 담론이 바뀌는 순간이었다. 한국의 동물보호운동이 국제적 동물해방운동으로 판올림 되었다.

동물해방전선의 대변인이었던 이가 동물해방물결의 티셔츠를 입고 청와대를 향해 호통치는 모습을 보았다. 작년에도 크리스는 노구를 이끌고 방한했고, 국회 앞에서 같은 메시지를 외쳤다. 올해도 코로나만 아니면 왔을 것이다. 다시 만날 수 있기를 빈다. 건강한 모습으로.

전선과 물결은 다르지만 결국 하나다. 해방의 물결이 저항에 부딪히는 곳이 곧 전선이다. 동물해방운동은 갈 길이 멀고 험하다. 온 세상이 전선이다. 대한민국에서는 개 도살 금지가 그 출발선일 뿐이다. 느끼는 모두에게 자유를! 우리 운동에도 계보가 있음을, 크리스라는 든든한 동지가 있음을 알리고 싶었다.

이번 여름은 날씨가 이상하다. 비가 계속 온다.

"이 비의 이름은 장마가 아니라 기후 위기입니다."

환경단체는 경고한다. 이건 이미 위기가 아니라 재난이다. 이상기후가 정상이 되었다. 우리는 코로나에 대응하듯이 기후변화에 대응해야 한다. 국가가 재난사태를 선포하고 에너지 생산, 유통, 소비의 혁명적인 전환을 이루어야 한다. 과학은 분명하다. 아니, 수십 년 전부터 분명했다. 지금 인간이 지구에 사는 방식은 지속 불가능하다. 지구를 살리자는 게 아니다. 지구는 죽지 않는다. 위험한 건 우리의 목숨이다. 인간을 비롯한 지구생명체 모두의 생존이 달렸다.

우리는 제6차 대멸종을 목도하고 있다. 무수한 동식물 종이 매일 사라진다. 기후재난과 절멸에도 불평등이 있다. 인류 문명의 중심지에서 동떨어진 극지방과 열대우림의 동물들이 먼저 에스오에스(SOS)를 보냈다. 녹아내리는 얼음 위의 북극곰을 본 게 하루 이틀인가? 하지만 남 일이었다. 아마존이 불타는 게 하루 이틀인가? 캘리포니아, 오스트레일리아, 시베리아도 불탔지만 남 일이었다. 바그다드가 51도를 기록했지만, 중동은 원래 덥지 않나? 지붕 위에 올라간 소를 보고서야 우리는 실감했다. "이건 장마가 아니라 기후 위기다." 그리고 소를 '구조'해서 기후 위기의 주범인 축산업의 현장으로 다시 끌고 갔다. 비가 그치면 다들 원래 살던 방식대로 돌아갈 것이다. 소고기 먹고, 석유 차 끌고, 비행기 타고, 나무를 벨 것이다. 이대로 가면 2050년 지구는 거주 불능의 공간이 된다. 종말을 막기 위해 남은 시간은 기껏해야 10년이다. 멸종의 유령 앞에서도 우리는 왜 각성하지 못하는가? 이것보다 중요한 문제가 대체 무엇이란 말인가?

부동산이란다. 멸종반란은 세대전쟁이다. 오늘날 지구를 지배하는 이들은 산업화 세대다. 트럼프는 부동산 개발로 권력을 얻었고, 시진핑, 푸틴도 개발 논리로 무장했다. 대한민국을 지배하는 민주화 세대도 사실 부동산 세대임이 드러났다. 이들 모두 기후재난의 혹독한 대가를 온전히 치르기 전에 다 죽을 것이다. 그렇기 때문에 기성세대에게 환경 문제는 끝까지 남 일이다. "미래세대를 위해 그린벨트를 보존한다"는 문재인 대통령의 말처럼 선심 쓰는 차원이다. 그런데 그 미래세대가 나다. 나는 최소 90살, 그러니까 2080년까지는 살고 싶은데, 내 인생의 대부분을 윗세대가 싼 똥 치우며 허비하고 싶지 않다. 맑은 공기와 좋은 날씨와 푸른 산천을 원한다. 후대를 위해 깨끗한 환경을 물려주고 싶다는 사치가 아니다. 당장 내 인생이 걸렸다.

향후 10년간 밀레니얼세대와 제트(Z)세대가 산업화 세대에 제동을 걸지 못하면 미래는 없다. 멸종반란은 2018년 영국에서 시작해 세계로 퍼지고 있다. 비폭력 시민불복종으로 정부에게 기후생태 비상 선포를 요구한다. 모두가 평화적이지는 않다. 우크라이나에서는 막심 크리보시가 열세 명의 인질을 붙잡고, 대통령에게 다큐멘터리 <지구생명체>를 시청하라고 요구했다. 기후생태 재난 앞에 정당 정치, 정체성 정치는 무의미해질 것이다.

희망을 품어본다. 코로나를 겪으면서 우리 삶이 크게 바뀌었다. 기후재난도 각성만 하면 바뀔 수 있다. 불가능해 보이는 혁명적 변화를 이룰 수 있다. 답은 이미 나와 있다. 재생에너지로 바꾸고, 비행기를 멈추고, 석유 차를 없애고, 채식을 해야 한다. 코로나 이상의 불편함을 감수해야 한다. 그러나 이것을 기성세대가 결단하지는 않을 것이다. 청년과 청소년이 나서야 한다. 당사자인 우리가 엄마, 아빠, 이모, 삼촌들을 불편하게 해야 한다. 문명사의 분수령에 우리가 서 있다. 10년간의 싸움이 이후 100년, 어쩌면 1000년을 좌지우지할 것이다.

우리는 지금 멸종으로 가고 있다. 코로나가 파괴적이었다고 생각하는가? 지구온난화가 미칠 영향을 기다려보라.

지구는 하나뿐이다. 그 지구가 기후파괴를 겪고 있다. 과학자들은 지구온난화가 백퍼센트 인간 활동에 의한 것이라고 확신한다. 이산화탄소 농도 급증이 온도 상승을 일으켰다. 산업화 이후 이산화탄소 농도는 280ppm에서 420ppm으로 올랐고, 평균기온은 1.1도 상승했다.

1.1도가 큰일인가? 큰일이다. 지난 13만 년 동안 지구는 평균 2도 이상 오른 적이 없었다. 호모사피엔스가 등장한 이래 한 번도 없었다는 것이다. 그리고 수백만 년 동안 4도 이상 오른 적도 없었다. 오스트랄로피테쿠스가 나온 이래 없었다는 것이다.

2020년 우리가 겪고 있는 기후재난은 겨우 1.1도의 여파다. 크게 네 가지다. 가뭄, 폭풍, 산불, 해수면 상승. 가뭄은 지중해 주변과 중동이 심하다. 바그다드는 지난달 52도를 기록했다. 한반도는 폭우와 태풍 피해가 컸다. 이번 여름비는 앞으로 심화할 이상기후의 에고편이다. 작년, 호수의 절반이 탔고 지금 아마존과 시베리아, 캘리포니아가 타고 있다. 극지방 얼음이 녹으면서 해안 지역도 잠기고 있다.

이대로 가면 세기말까지 3도가 오를 것이며, 각 나라 정책이 제대로 이행되지 않을 것을 고려하면, 4도에서 5도까지 오르리라 보는 게 합리적이다. 그러면 어떤 세상이 닥칠까?

이미 8억 2000만 명이 식량 부족에 시달리고 있다. 기후 위기는 기근을 가중시킬 것이다. 2050년에는 약 3억 4000명이 홍수의 위협을 받을 것이며, 37억 명이 극한 가뭄을 겪을 것이다. 그 결과 최대 10억 명의 난민이 발생할 것이다. 평균기온이 3도 오르면 체감온도는 7.5도 오른다. 2100년에는 인류의 3분의 1이 치명적인 폭염 속에 살 것이다. 사회적 붕괴가 온다.

그런데 중요한 것은 이 모든 예측이 여태까지의 자료에 기반한다는 점이다. 온난화 과정에서의 피드백 루프와 티핑 포인트를 고려하지 않았다. 예를 들어, 그린란드 얼음 속에는 막대한 양의 메탄이 내장되어 있다. 메탄은 이산화탄소보다 21배 강력한 온실가스다. 온난화로 얼음이 녹아서 메탄이 퍼지면 온난화에 가속도가 붙을 것이다. 이런 악순환의 고리가 피드백 루프(Feedback Loop. 마이크를 스피커 앞에 두면 피드백 때문에 왕왕 울리듯이 기하급수적으로 탄소 배출이 늘어난다는 뜻)다.

또 얼마 전 시베리아에서는 거대한 싱크홀이 발견됐다. 온난화로 영구동토층이 녹으면서 지하 세계로의 통로가 열린 것이다. 싱크홀을 통해서도 막대한 메탄이 빠져나온다. 이런 갑작스러운 변화의 시점이 티핑 포인트다. 연구자들은 2도가 오르면 불가역적인 연쇄반응이 일어나 4, 5도로 가는 것을 절대 막을 수 없다고 경고한다.

향후 10년에 인류 문명의 존속이 달렸다. 매년이 중요하다. 하지만 2015년 파리협정 이후에도 인류는 매해 탄소 배출 신기록을 경신했다. 바뀐 게 없다.

대한민국은 현재 이산화탄소 배출량 세계 7위, 증가율은 1위다. 정부가 그린 뉴딜이라고 내놓은 것에는 탄소 배출 절감 목표조차 없다. 오히려 석탄발전소를 더 짓고 있다. 무책임한 정도가 아니라 극악무도하다. 이 정도면 국가가 국민, 특히 2050년 이후를 살아갈 밀레니얼 이하 세대와의 사회적 계약을 파기했다고 보아야 한다.

지난주 기후 위기 비상행동은 정부에 2050년 온실가스 넷제로(Net Zero, 탄소 중립. 온실가스 순배출량이 0인 상태를 뜻한다) 목표 설정을 요구했다. 턱도 없다. 2025년까지 넷제로를 달성해야 한다. 비현실적이라고 보는가? 작년만 해도 국가가 국민에게

마스크 쓰고 가게 문 닫으라고 강요하는 건 말도 안 됐다. 재난은 긴급하고 총체적인 변화를 정당화한다. 정부는 당장 기후재난 사태를 선포해야 한다. 코로나 이상의 경각심이 필요하다. 우리는 반드시 이산화탄소를 줄여야 한다.

세계 자본주의의 모순이 극에 달했다. 백년 전과 비슷하다. 그때는 모순이 제국주의 전쟁과 대공황으로 치달았다. 지금은 역병과 기후생태위기로 나타난다.

무한 성장의 신화가 문제다. 우리는 지디피(GDP)가 계속 올라야 정상이라고 믿는다. 더 많이 생산하고 더 많이 소비하는 것이 미덕이다. 끝없이 욕심부려도 '보이지 않는 손'이 생산과 소비의 아름다운 균형을 잡아주리라. 오늘날 전 인류적 신앙이다.

그러나 지구는 유한하다. 일단 땅덩이가 한정적이다. 선진 자본주의 국가들이 오대륙을 다 식민화하고 더 이상 정복할 곳이 없어서 서로 싸운 것이 세계대전이다. 수천만이 죽는 전쟁을 한 번도 아니고 두 번 했다. 인종 말살과 핵폭탄을 겪고 나서야 끝났다. 3차 대전이 일어나지 않은 것은 핵전쟁으로 인한 종말의 두려움 때문이었다.

지난 75년 동안, 국가 간의 전쟁은 줄었다. 대신 자연과의 전쟁이 커졌다. 우리는 야생을 식민화하여 무자비하게 착취했다. 동식물을 가두고, 실험하고, 조작하여 대량 생산하고, 소비했다. 화석을 땅에서 꺼내

하늘에 태웠고, 삼림을 베었다. 결국 한계치에 도달했다. 기후와 생태계의 균형이 무너졌다. 제6차 대멸종이 일어나고 있으며, 2050년 거주 불능 지구가 될 것이다. 자연과의 전쟁이야말로 핵전쟁을 능가하는 자폭 행위였다. 다시 한번 종말의 냄새가 만연하다.

체제가 흔들리면, 민중은 대안을 찾는다. 1차대전 이후 러시아는 공산주의, 이탈리아는 파시즘을 택했다. 독일 국민은 대공황 때 나치당을 선출했다. 셋 다 탈자본주의를 표방했지만 실제로는 국가자본주의 형태를 띠었다. 자본주의는 잘 죽지 않는다. 2008년 금융위기도 거뜬했다. 기후생태위기에도 역시 살아남을 가능성이 크다.

100년 전 망한 것은 자유주의였다. 자본주의의 모순으로 인한 불황과 불안을 자유주의는 해결하지 못했다. 전체주의가 훨씬 효율적이었다. 무솔리니와 히틀러와 스탈린이 나서서 강력한 목표를 제시하고 거짓된 안정감을 심어줬다. 지금 위험한 것도 자유주의다. 기후생태위기를 빠르고 확실히 해결하겠다는 전체주의가 곧 인기를 얻을 것이다.

서양에서는 이미 에코파시즘이 등장했다. 2019년, 뉴질랜드와 미국에서 연달아 에코파시스트의 총기 난사로 각각 51명과 22명이 죽었다. 히틀러도 채식주의자였다. 나치즘은 실제로 생태주의적인 면모가 있었다. 인간중심주의를 탈피하고 자연적 위계질서를 회복하려 했기 때문에 인종 청소를 했다. 에코파 시즘은 나치즘과 마찬가지로 모든 문제의 근본 원인이 인구 과잉이라고 본다. 사실이다. 개인이 탄소 발자국을 줄이는 가장 효과적인 방법은 애를 안 낳는 것이다.

극우만의 생각이 아니다. 지구상에서 가장 지속 가능하게 개발된 나라는 쿠바다. 좌파는 피델 카스트로를 예로 들며 생태주의적 정책을 위한 강력한 국가 개입을 주장한다. 무분별한 개발을 규제해야 자연을 보호하고 탄소 배출을 줄일 수 있기 때문이다.

올해가 그 증거다. 코로나19로 경제가 멈추자 세계 탄소 배출량이 약 7퍼센트 줄었다. 이렇게 10년을 반복하면 52퍼센트까지 감축된다. 2030년까지 절반, 2050년까지 넷제로 달성이 국제적 합의다. 지금 우리가 겪는 불편과 불황을 최소 10년에서 30년은 감수해야 한다는 뜻이다. 과연 어떤 정부가 국민에게 이것을 강요할 수 있을까? 당신은 감당할 준비가 되었는가?

자유주의자들은 계속 기업과 국민 눈치 보면서 쭈뼛쭈뼛댈 것이다. 100년 전에도 그러다 전체주의가 득세했다. 나는 이상기후로 인한 자연재해보다 사회 붕괴, 그리고 거기서 싹틀 독재가 더 걱정이다. 막으려면 빨리 움직여야 한다. 나중에 밀린 숙제 벼락치기하려면 자유를 포기할 수밖에 없다. 기후생태위기는 곧 자유주의의 위기다.

2018년 말 제대하고 1년은 정말 순식간에 지나갔다. 억눌렸던 욕망이 너무 빨리 분출되었다. 2020년, 코로나가 터지고 나서야 나는 자의 반, 타의 반으로 자성의 시간을 가졌다. 일단 '소식' 매장을 정리하고 무기한 휴업에 들어갔다. 음악시장이 초토화되면서 '양반들' 활동도 쉬었다. 방송 출연도 많이 줄었다. 대신 풀무질에 나와서 이 책을 쓰기 시작했다. 미친 듯이 전력 질주를 하고 숨을 헐떡거리면서 뒤를 돌아보는 기분이다.

나의 가장 큰 걱정은 10년 뒤에 후회하는 것이다. "아 그때 친구들처럼 변호사 할걸"이라는 생각이 들면 자괴감이 클 텐데. 불안하다. 하지만 당장은 행복하다. 매일 일어나서 출근하는 게 흥겹고, 글 쓰고 노래하는 게 즐겁다. 재미도 있고 의미도 있다. 나는 안정적이지만 불행한 직업 대신, 행복하지만 불안한 직업을 택했다고 믿는다.

그런데 요즘 다른 차원의 불안을 느낀다. 기후생태 위기 때문이다. 동물해방과 멸종반란을 위해 힘쓰지 않으면 10년 뒤에 더 후회할 것 같다. IPCC는 2030년까지 탄소 배출을 절반으로 못 줄이면 불가역적인 연쇄반응이 일어날 것이라고 경고했다. 이것을 '기후 데드라인'이라고 부른다. 나의 자유를 위해서라도 앞으로 10년은 투쟁해야 한다. 더 가열차게 풀무질을 할 것이다.

그러나 풀무질을 하면 할수록 책임감이 커진다. 자유를 쫓는 만큼 자유를 잃는다. 명상을 한다. 나와 타자가 결국 하나이고, 타자의 자유 없이 나의 자유도 없다고 믿으면, 타자의 해방을 목표로 삼을 수밖에 없다. 그러는 순간 나의 자유란 곧 책임이다. 공장식 축산이야말로 현대 인류의 원죄다. 매일이 홀로코스트다. 막연한 죄의식이 나를 옥죄어 온다.

나는 자유롭고 싶다고 했다. 그런데 무책임할 용기가 없다. 수많은 동물들의 고통과 기후생태 위기 앞에 눈을 돌릴 자신이 없다.

우리는 앞으로 사랑하는 많은 것들과 작별해야 한다. 코로나로 인해 이미 여러모로 답답한 '뉴 노멀'을 맞이했다. 클럽 공연과 록 페스티벌이 사라졌고, 해외여행도 힘들어졌으며, 학교 수업도 온라인으로 대체했다. 기후재난이 심각해지면 포기해야 할 게 더 많다. 탈육식, 탈석탄은 시작일 뿐이다. 익숙한 것들을 버리고 생산, 소비 방식을 총체적으로 바꿔야만 살아남을 수 있다. 비거니즘과 로컬리즘에 기반한 지속 가능한 라이프스타일이 새로운 정상이 될 것이다.

나에게도, 대한민국에게도, 지구생명체 모두에게도 불안한 10년이다. 이러한 불안 앞에서도 계속해서 계속하려면 가족, 친구, 동지들의 연대가 필수다. 나와 함께 책을 만들고, 나누고, 지속 가능한 의식주를 고민하는 두루미 가족. 홍성환, 김치현, 김은비, 장유정, 사공성수, 고한준, 장경수, 진상연, 오유진에게 감사하다. 비거니즘 전파를 위해 부단히 힘쓰는 동물해방물결과 소식 동지들. 이지연, 윤나리, 이소현, 김도희, 변혜정, 안백린, 박연. 착잡한 시절에도 자유, 사랑, 평화를 같이 노래하는 양반들과 닥터심슨컴퍼니 일동. 이상규, 이지훈, 박천욱, 최석호, 최찬영, 현지혜, 이승하에게도 고맙다.

산문집을 제안해준 한겨레출판사 김단희 님께 감사드린다. 두 가지로 죄송스럽다. 바쁘다는 핑계로 기한을 수차례 어겼다. 그리고 자기계발서라는 원래 기획안과 다르게 자아성찰서를 썼다. 책의 주제가 주제인 만큼 그 정도 자유는 양해해주시리라 믿는다.

어머니께 감사하다. 밴드 보컬과 책방 주인은 사실 어머니의 직업이었다. 내가 평생 자유로울 수 없는 것이 있다면 바로 임인숙의 유전이다. 그리고 아버지. 생전에 아버지는 매체에 등장하는 나의 모든 말과 글을 스크랩하셨다. 살아계셨다면 나의 첫 책 출간을 가장 기뻐했을 사람도 아버지다. 나는 더 이상 그를 만날 자유가 없다. 이 책을 나의 아버지이자 오랜 친구 전남용(1960~2018)에게 바친다.

2020년 가을
풀무질에서
전범선

출처

해방촌의 채식주의자
©전범선, 2020

초판 1쇄 발행 2020년 11월 27일
초판 2쇄 발행 2021년 1월 20일

지은이   전범선
펴낸이   이상훈
편집인   김수영
본부장   정진항
편집1팀   김단희 이윤주 김진주
마케팅   천용호 조재성 박신영 조은별 성은미
경영지원   정혜진 이송이

펴낸곳   한겨레출판(주) www.hanibook.co.kr
등록   2006년 1월 4일 제313-2006-00003호
주소   서울시 마포구 창전로 70 (신수동)
           화수목빌딩 5층
전화   02-6383-1602~3
팩스   02-6383-1610
대표메일   book@hanibook.co.kr
ISBN   979-11-6040-444-9 (03810)